KB077742

봉사 장편 소설

FUSION FANTASTIC STORY

스킬러

SKILLER

스킬러 3

봉사 장편 소설

초판 1쇄 찍은 날 § 2014년 12월 2일
초판 1쇄 펴낸 날 § 2014년 12월 9일

지은이 § 봉사
펴낸이 § 서경석

편집부장 § 권태완
편집책임 § 박용서

펴낸곳 § 도서출판 청어람
등록번호 § 제387-1999-000006호
등록일자 § 1999. 5. 31
어람번호 § 제1-1993호

주소 § 경기도 부천시 원미구 부일로 483번길 40 서경B/D 3F (우) 420-822
전화 § 032-656-4452 팩스 § 032-656-4453
http://www.chungeoram.com
E-mail § chungeorambook@daum.net

ISBN 979-11-04-90009-9 04810
ISBN 979-11-316-9276-9 (세트)

봉사 장편 소설

FUSION FANTASTIC STORY

스킬러

③

SKILLER

CONTENTS

제18장

미래를 위한 그들의 준비

올 사월에 예정되어 있었던 대선과 총선은 어려운 시국이
진정될 때까지 무기한 연기됐다.

일부에선 이를 독재를 위한 포석이라며 맹비난했다.

하지만 이들의 목소리에 힘을 실어주어야 할 대다수 국민
은 오히려 정부의 결정에 우호적이었다.

국민들에게 당장 필요한 것은 민주주의보단 예전과 같은
풍요로운 의식주와 자신과 가족의 안전이었다.

사람들은 배고픈 소크라테스보다 배부른 돼지가 되기를
소망했다.

여러 차례의 강진으로 국제 교역은 잠정 중단된 상태였다.

원자재의 수입은 어려워졌고 발전소는 거의 문을 닫았다.

특히 원자력발전소는 그 피해를 우려해 봉인됐다.

현재의 발전량으로는 전 국토를 감당할 수 없다 보니 꼭 필요한 곳 이외에는 정전 조치를 했다.

각국은 중단된 국제무역을 다시 시작할 준비를 하고 있었다.

그 움직임의 시작은 로마였다.

미국 뉴욕에 위치한 유엔은 핵심 부서를 모두 로마로 옮겼다.

로마는 명실공히 세계의 중심이 되어가고 있었다.

연임이 결정된 최무식 대통령은 의욕적으로 긴급 국무회의를 소집했다.

긴급 국무회의에서는 민생과 치안과 교역이라는 여러 안건을 놓고 치열한 갑론을박의 장이 펼쳐졌다.

정부가 이처럼 격렬한 토의를 벌이고 있듯, 국민들 역시 앞으로의 일들을 생각하느라 밤잠을 잊고 고심에 고심을 거듭했다.

자연 재앙도 모자라 외계 몬스터의 침공까지. 이뿐이면 그나마 낫다.

사람들의 실생활에 밀접하게 연관된 모든 것들이 턱없이

부족했다.

온갖 흉흉한 소문만이 사람들의 입을 타고 나돌았다.

수천 명이 얼어 죽었다, 굶어 죽었다, 혹은 폭동을 일으키다가 군인들에게 학살당했다. 등등.

우리의 봄은 언제 오는가!

씁쓸한 뇌까림만이 이 시대를 살아가는 모두의 우울한 화두가 되었다.

"줄을 서요! 줄을!"

21세기 대한민국 땅에서 식량을 배급받기 위해 사람들이 엄동설한에 온몸을 바들바들 떨며 길게 줄을 서고 있다.

이곳은 정전 지역의 주민들을 위해 정부가 마련한 대규모 대피소 중 한곳으로, 하루 두 번 이와 같은 우울한 장사진이 펼쳐진다.

번거롭고 불편한 단체 생활이지만 단점보단 장점이 많다 보니 사람들은 정부가 마련한 대피소에 못 들어와 안달이었다.

"새치기하면 배급표 압습니다!"

짜증이 살짝 묻어나오는 군인의 목소리는 확성기를 통해 이곳저곳에서 터져 나오고 있었다.

배급은 만족할 만한 양을 모든 이들에게 공급하지 못했다.

그렇다 보니 부정한 방법을 선택하는 자들도 많았다.

그나마 단체로 생활하는 공공 대피소는 사정이 나은 편이었다.

정부가 통제하는 물류 창고 내부에 한 남자가 침입했다.

남자는 등에 커다란 빈 배낭을 메고 있었다.

내부에 설치된 감시 카메라를 확인한 남자는 카메라의 시선을 피해 식료품을 배낭에 쓸어 담기 시작했다.

익숙하게.

금세 불룩해진 배낭의 주둥이를 잠근 남자는 이를 등에 짊어졌다.

그때 문이 벌컥 열리더니 무장한 군인들이 우르르 쏟아져 들어왔다.

남자는 감시 카메라 외에 다른 보안장치가 설치되어 있을 것이라곤 생각하지 못했다.

그 실수가 낳은 결과는 무장한 군인들과의 조우였다.

"꼼짝 마라! 움직이면 발포한다!"

군인들의 경고를 비웃기라도 하듯 남자는 그들이 지켜보는 앞에서 처음부터 그 자리에 없었던 것처럼 자취를 감추어 버렸다.

도둑을 향해 총구를 겨누었던 군인들로서는 어이없고 황당한 노릇이었다.

"그 도둑놈은 스킬러였어!"

"뭐지? 놈은 혼자였는데? 어떻게……."

당황한 표정의 장교는 그 즉시 무전을 날렸다.

정부 보호시설인 창고에서 벌어진 사건은 그 즉시 스킬러 범죄를 전담하고 있는 국정원 특수국으로 통보된다.

하지만 특수국이라 한들 공간 이동 스킬러를 잡아낼 뾰족한 묘안이 있는 건 아니었다.

그들 입장에서도 가장 상대하기 까다로운 스킬러가 바로 공간 이동자다.

파앗!

군인들의 총구 앞에서 홀연히 자취를 감춘 남자는 스킬러 능력의 횟수 제한을 뛰어넘는 능력을 선보였다.

대한민국 땅에서, 아니, 전 세계를 뒤져도 이러한 능력을 지닌 자는 오직 한 사람뿐이다.

선우현성!

현성이 서 있는 곳은 소백산 어느 골짜기의 외딴 오두막 앞 작은 마당이었다.

"다녀왔어요, 오빠?"

오두막은 급하게 지은 티가 역력하다.

손봐야 할 곳이 여기저기 눈에 띈다.

그래도 이 겨울을 나기에는 걱정 없어 보인다.

겉모습은 통나무로 지은 오두막이라 불려도 딱히 이상한 점이 없지만 실제로는 현대 조립식 자재가 다량으로 들어가 있다.

이 외진 산골, 길이라곤 산짐승이 지나다니는 곳밖에 없는 이 험준한 곳까지 외부에서 자재를 가져와 집을 짓기란 불가능하다.

하지만 그 어려운 일조차 현성에게는 그리 어렵지 않았다.

공간 이동이란 편리한 능력이 그에겐 있었기 때문이다.

아연의 뒤로 희연이 모습을 드러냈다.

물자의 부족으로 모두가 고통받는 고난의 시절이다.

그러나 이 외진 산골 오두막의 세 식구는 모두가 겪는 그 어려움을 겪고 있지 않았다.

현성이 자매와 함께하고 있었기 때문이다.

지금은 2월 말. 세상은 여전히 춥고 배고프며 음울하다.

"왔어, 아저씨?"

반기는 자매를 바라보며 현성은 작은 미소를 지었다.

그러곤 두 사람을 오두막 안으로 밀어 넣는다.

"춥다. 들어가자."

집 안으로 들어선 현성은 곧장 부엌으로 들어가 배낭을 내려놓았다.

부엌 역시 손봐야 할 곳이 많다.

방과 부엌의 사이에 있는 거실 한쪽에는 실내 분위기와 전혀 어울리지 않는 큼지막한 은색 철제 상자가 놓여 있었다.

　상자는 현성이 군부대에서 영구히 빌려온(?) 권총과 실탄으로 꽉꽉 채워져 있었다.

　깊은 산골이다 보니 맹수급 동물도 출몰할 수 있었기에 현성이 자매의 안전을 고려하여 이를 빌려온 것이다.

　그리고 당연하다는 듯이 자매에게 그 자신이 배운 사격술을 가르쳤다.

　덤으로 외조부에게 배운 신비의 수련법도 전수했다.

　최근 현성은 외조부가 전수해 준 수련법을 토대로 광검의 비밀을 치열하게 파헤치고 있었다.

　"오빠, 오늘은 라면에 콩나물과 미나리 듬뿍 넣어서 먹을까요?"

　이리 말하며 아연은 간절하게 현성을 본다.

　부엌 한쪽에는 세 개의 시루가 보인다.

　검은색 두꺼운 천에 덮인 이 시루에서는 콩나물이 늘 놀라운 속도로 자란다.

　콩나물은 집 안에서 손쉽게 키울 수 있는 작물이다.

　물만 제때 부어주면 되니 얼마나 편한가.

　콩나물시루 그 옆으로는 넓적한 옹기가 나란히 놓여 있다. 여기선 미나리가 자란다.

외진 산골 생활이었지만 자매는 한가하지 않았다.

현성이 가르치는 수련을 익히는 데다 사격과 무술까지 연마하는 빡빡한 일상을 보내고 있었다.

무술이라고 해봐야 체계가 잡혀 있는 것은 아니다.

호신용에서 좀 더 발전한 형태로 실전에 유용한, 현성만의 기술이다.

자매는 현성에게 부담되는 짐이 되지 않기 위해 밤낮없이 자신을 단련하는 데 시간을 쏟았다.

현성의 가르침으로 자매는 이 시대가 요구하는 여성상으로 진화하고 있었다.

여전사가 되어가고 있는 것이다.

굶주림이 만연해져 가는 세상에서 라면은 별식으로 취급받고 있다.

"라면 좋지. 안 그래도 뜨끈한 국물 생각이 났었는데. 잘됐네."

"정말? 고마워, 오빠."

아연은 겉으로는 무뚝뚝하지만 속내는 한없이 부드럽고 자상한 현성을 만나지 않았다면 자신과 여동생의 삶이 어땠을까? 하는 생각을 가끔 했다.

그때마다 아연은 소스라치게 놀라 몸서리쳤다.

아연이 부엌에 종종걸음으로 들어가자 한쪽에 있던 희연

이 미간에 힘을 잔뜩 주며 현성에게 다가왔다.

그녀의 손에는 반자동 권총인 M9 베레타가 쥐어져 있었다.

최대 사거리 오십 미터에 열다섯 발의 총알을 탄창에 장전할 수 있다.

미성년자가 갖고 있기엔 참으로 위험한 물건이다.

희연은 제 언니와 달리 권총에 상당한 집착을 보였고 노력도 배로 기울였다.

그 결실인지 그녀의 사격술은 나날이 진보하고 있었다.

"아저씨, 요전에 멧돼지가 근처에 출몰한 적 있잖아?"

"왜, 또 왔어?"

멧돼지란 놈은 성격이 포악하여 맹수라 불리어도 손색이 없다.

굶주린 놈이 보기에 먹을 것이 충분한 이 오두막은 그야말로 보물 창고이리라.

놈의 습격을 우려했기에 현성은 오두막 인근에 올무와 강철 덫을 설치해 두었다.

현성의 표정이 심각해진다.

자주는 아니지만 가끔 집을 비운다.

그때는 자매만 이 외딴 오두막에 남는다.

다들 여물지 않은 실력이라 자칫 놈에게 해를 당할 수 있었다.

늘 경계하고 조심하지 않을 수 없었다.

"사격 연습하다가 기슭에서 어슬렁거리는 놈을 봤어. 놈과 눈이 마주치기도 했어."

이들이 사격 연습장으로 사용하는 곳은 오두막에서 불과 오십 미터 떨어진 계곡이다.

희연은 담담하게 보이려 애쓰고 있었다.

이제 깊게 들여다보지 않아도 희연의 속내쯤은 그 미세한 표정의 변화만으로도 읽을 수 있게 된 현성이다.

"내가 알아서 하마."

생필품과 식량은 그간 현성이 꾸준히 확보한 결과 몇 달은 염려 없이 지낼 만한 양을 모았다.

의료품은 아연이 치유의 스킬러였기에 필요성이 덜하다. 그래도 만약의 사태를 위해 구급약도 넉넉히 구해다 보관 중이었다.

"아냐, 같이해."

희연은 자신도 멧돼지 퇴치에 동참하겠다며 그 의지를 활활 불태웠다.

더 이상 보호받는 어린 계집아이로 남고 싶지 않은 희연이었다.

잠시 그녀를 빤히 응시하던 현성은 곧 고개를 끄덕였다.

"위험할지도 몰라. 하지만 네가 원한다면 허락하마."

"짐이 되지는 않을 거야."

희연은 각오를 다지며 권총을 힘껏 쥐었다.

"알았다. 그럼 내일 놈을 추적해 보자."

현성이 대단한 능력의 스킬러지만 매사에 만능은 아니다.

더욱이 상대는 본능이 발달한 야생의 흉포한 짐승이 아닌가.

"아저씨, 진돗개 같은 거 키우면 안 될까?"

날씨가 풀리면 키우기 손쉬운 닭을 키울 생각이다.

그 일을 위해 현성은 창고 옆의 땅을 고르며 닭장으로 쓸 자재도 틈틈이 모아들이고 있었다.

현성은 이 산골 오두막집을 자급자족이 가능한 농장으로 만들 생각을 갖고 있었다.

예전 같은 세상은 장기간 돌아오지 않을 것이란 판단에서 내린 결정이었다.

아니, 영원히 오지 않을 수도 있다.

이러한 생각은 비단 현성만 하고 있는 것이 아니다.

풍요로운 생활에서 빈곤한 삶으로 곤두박질친 많은 사람이 그와 같은 생각을 품고 있었다.

추위가 크게 꺾인 뒤엔 모르긴 몰라도 귀농 행렬이 줄을 이을 것이다.

"개라……."

긍정적인 그의 표정을 본 희연은 내심 기쁨을 금치 못했다.

예전부터 동물을 좋아했지만 사정상 키우지 못했던 터라 그녀의 기쁨은 매우 컸다.

"희연아, 상 옮기자."

아연이 부엌에서 희연을 불렀다.

희연은 춘풍처럼 따뜻한 바람을 남기며 냉큼 부엌으로 달려갔다.

부엌으로 통하는 쪽문 앞에 멈춘 희연이 잠시 멈추더니 현성을 돌아본다.

"아저씨."

"……?"

"이 원수는 두고두고 다 갚을 거야. 그러니까 오래오래 우리 곁에 붙어 있어."

퉁명한 어조와 달리 희연의 얼굴에는 홍조가 가득 피어오르고 있었다.

곧 그녀는 부엌으로 쏙 들어가 버렸다.

그래 봐야 곧 상을 들고 나올 거면서.

후루룩, 짭짭.

"야참으로 짜장 라면 해먹을까?"

현성의 제안에 자매는 피식거리며 고개를 끄덕인다.

유독 짜장과 연관된 가공식품이 집에 많다.

이는 현성의 개인적인 취향이 적극 반영됐기 때문이다.

"또?"

희연이 불퉁한 표정으로 태클을 건다.

그래도 뭐 어쩌겠는가.

이 집안의 청일점이자 가장인 현성이 저토록 원하는데.

"넌 싫어?"

"대장이 먹겠다는데 쫄다구가 뭐라 하겠어. 알았어."

희연의 표현에 아연이 풋 하고 웃는다.

현성 역시 그 무심한 얼굴 이면으로 작게 실소했다.

'이 생활도 그리 나쁘지 않군.'

*　　　*　　　*

철통 경비를 자랑하던 정부 물류 창고에서 일어난 잇따른 도난 사건 발생에 이곳을 관할하는 부서의 신경은 바짝 곤두서 있었다.

창고를 턴 도적이 가져간 양은 사실 그리 많지 않았다.

문제는 도적의 신묘한 절도 행각에 있었다.

도적은 결코 일반인이 아니다! 이러한 가정하에 정부는 특수국에 이번 사건을 전담케 했다.

정부는 이번 사건이 언론에 유출되는 것을 철저히 통제

했다.

이는 두 가지 경우를 우려했기 때문이다.

첫째는 정부에 대한 국민의 신뢰 하락.

둘째는 스킬러와 일반인의 불화에 대한 재점화였다.

절도 사건을 맡게 된 특수국 역시 도적을 상대할 뾰족한 방법이나 대안은 없었다.

도둑이 한 장소에만 나타난다면 모를까 전국에 산재한 물류 창고를 순시하듯 돌아다녔기 때문이다.

차민연은 자신의 파트너가 된 유승진과 함께 현성이 한차례 털고 간 창고를 조사하고 있었다.

도둑을 본 군인들의 증언을 토대로 몽타주를 작성하니 그 범인이 현성과 매우 흡사해서 두 사람은 크게 놀랐다.

"민연 씨, 여기 커피 있습니다."

차민연의 배우 시절부터 그녀를 좋아했던 유승진은 민연과 파트너가 되어 근무하는 하루하루가 행복한 꿈처럼 여겨졌다.

그는 기회가 있을 때마다 민연의 마음을 사기 위해 무던히 애썼다.

하지만 그의 이러한 노력에도 불구하고 민연의 관심은 오로지 종적을 감춘 선우현성에게서 떠나지 않았다.

"고마워요, 승진 씨."

두 사람은 박스 위에 나란히 앉아 최근 들어 부쩍 귀한 대접을 받고 있는 캔 커피를 마셨다.

정부의 전략 계획 생산 품목에서 대부분의 기호 식품은 빠졌다.

그중 하나가 남녀가 지금 마시고 있는 캔 커피였다.

국제 사회는 얼마 전 대회동을 가졌다.

그들은 과거와 같은 교역을 하는 것에 합의를 보았다.

하지만 강진으로 인한 피해를 다들 복구하지 못했기에 합의는 실질적인 효과를 내지 못하고 있었다.

참고로 정부는 스킬러들이 생활에 불편을 느끼지 않도록 다각도로 편의를 제공했다.

한때 언론은 정부의 스킬러 편애를 강력하게 질타했다.

하지만 그것도 잠시, 후이넘이란 거센 광풍에 언론의 질타는 추풍낙엽처럼 떨어져 나갔다.

승진이 나직하게 한숨을 내쉬며 말했다.

"지금 같은 분위기면 현성이에게도 유리할 텐데. 정말 안타깝습니다."

여러 능력 중에서도 공간 이동 능력은 최근 들어 더욱더 각광받고 있었다.

안전하고 빠른 그들의 운송 능력 때문이다.

고위급 인사들은 자신과 가족의 안전을 위해 공간 이동 스킬러를 곁에 두기 위해 혈안이었다.

권력자들이 탐을 내는 공간 이동 스킬러. 그들은 스킬러계의 귀족이라 불렸다.

하물며 1일 3회의 공간 이동 능력을 보유한 현성의 가치는 감히 값을 매길 수조차 없을 것이다.

"그러게요. 그런데 김원술 사건 재조사는 어떻게 진행되고 있어요?"

"베테랑인 명수 형님이 이 사건을 맡고 있으니 반드시 성과를 낼 겁니다. 저도 사건 진행이 궁금해서 수시로 물어보고 있습니다."

"성과가 있었나요?"

"얼마 전 명수 형님으로부터 이상한 말을 들었습니다."

승진의 대답에 민연은 바짝 긴장한 표정으로 귀를 기울였다.

이러한 그녀의 반응을 볼 때마다 승진의 내부에선 질투심이 꿈틀거렸다.

하지만 두 사람의 인연에 대해 소상히 알고 있었기에 그는 그녀의 태도가 은인에 대한 보답 차원의 감정이라 애써 자위했다.

"이상한 말이라뇨?"

"자수한 문수파 녀석들의 가족들이 하나같이 이민을 떠났다고 하더군요."

"이민이요?"

"예, 요즘은 일반인의 이민이 어렵죠. 물론 그때는 지금보다 사정이 낫긴 했지만 그래도 쉬운 일은 아닙니다. 한데도 놈들의 가족들은 별 어려움 없이 다들 국내를 떠났죠. 인터폴에 그 가족들의 거주지를 문의한다고 한 걸 보면 뭔가 내막이 있지 않나 싶습니다. 그리고 얼마 전 현성이네 집 주변에서 추락한 헬기 있잖아요."

2차 후이님 침공으로 전국이 큰 몸살을 앓았다.

인적 물적 피해는 아직 파악조차 되지 않고 있었다.

이는 대한민국만의 사정이 아니다.

"그곳에서 현성 씨와 아연, 희연 자매가 포착됐단 이야기는 저도 아버지께 들었어요."

"그게 사실로 확인됐습니다. 추락한 헬기의 블랙박스에 그들의 영상이 담겨 있었죠. 그리고 사건이 발생하기 전 현성의 집에 누군가 침입하는 걸 봤다는 목격자도 있었습니다. 목격자의 진술에 따르면 일남이녀라더군요."

현성의 사건은 검찰 수사 결과와 달리 파고들수록 의문점이 속속 드러나고 있었다.

이번 자매의 등장은 국민적 반감을 크게 불러일으킨 현성의 여러 죄목 중 가장 큰 건인 미성년자 납치, 강간 혐의를 벗어날 수 있는 확실한 패였다.

　문제는 그 죄 하나만 있는 것이 아니기에 검찰이 이를 물고 늘어지면 제자리걸음일 뿐일 것이라는 점이다.

　"자수한 그 깡패들을 조사해 보면 알 텐데. 아쉽군요, 검찰의 그 고집이."

　거짓말탐지기조차 따라올 수 없는 능력자들이 즐비한 곳이 바로 특수국이다.

　특수국은 자수한 문수파 조직원을 직접 취조하기 위해 여러 차례 시도했으나 검찰의 강력한 반발로 이 요구는 매번 무산됐다.

　승진이 확신에 찬 어조로 꼬집어 말한다.

　"검찰이라기보다는 노기찬 검사 개인의 고집이라고 봐야겠죠."

　"노기찬 검사요? 일개 검사가 무슨 힘이 있어서?"

　"모르셨습니까? 그 사람 처가가 대단하잖아요."

　"노 검사의 처가요?"

　"예, 노 검사의 장인이 여당 총재 정현수 씨랍니다."

　차기 대통령으로 유력시되었던 정현수 총재. 그러나 운명은 그에게 대통령직을 허락하지 않았다.

　강진과 후이닝의 침공이 그의 정권 창출을 가로막았다.

　그러나 그의 영향력은 대단히 높아 대통령조차 그를 부담스러워한다는 풍문이 나돌았다.

"음… 놀랍군요. 노 검사가 정현수 총재의 사위였다니."

민연의 입에서 절로 한숨이 흘러나온다.

현성을 못 잡아먹어 안달인 노기찬 검사의 뒷배가 그런 어마어마한 권력자라니.

하지만 민연이 내쉰 깊은 한숨의 이면엔 그녀만의 사정도 포함되어 있었다.

정현수 총재의 집안과 민연의 집안 사이에 최근 혼담이 논의 중이었다.

그 대상은 당연히 민연이다.

차민연의 강력한 거부로 성사될 가능성은 그다지 없어 보이지만.

*   *   *

세상에 광검이 존재함을 처음으로 알린 인물, 반델리오 신부. 세상의 시선을 끌었던 혹은 주목을 받았던 이 신부가 실은 교황청 내 비밀 기관인 성흔기사단의 일원임이 언론을 통해 알려졌다.

그것도 일반 단원이 아닌 부단주!

성흔기사단에 부정적인 생각을 갖고 있던 각국의 스킬러

유학생들은 반델리오 신부의 신분이 밝혀진 뒤 크게 술렁였
다.

강력한 침략자 후이넘. 놈을 단신으로 처치한 세계적인 영
웅이 반델리오 신부가 아닌가.

그러한 영웅이 몸담고 있는 기사단이 어찌 달리 보이지 않
겠는가.

주여, 당신의 미천한 종이 저 사악한 존재를 멸하길 원하옵니다.
당신의 권능이 이 몸에 임하여 악을 멸하는 검으로 삼으소서! 미켈레
의 검, 출!

이슬람권에서 온 무슬림, 불교권 국가에서 온 독실한 불교
신자, 무신론자 등이 모두 하나님을 찾고 그의 종이 되어 그
의 권능으로 검이 되길 소망하는 기도문을 외운다.

처음 이 기도문은 유학생들의 반발을 불러일으켰다.

그러나 여기에는 조국과 민족의 장래가 걸려 있었기에 다
들 내키진 않았지만 그에 복종하지 않을 수 없었다.

말에는 힘이 있다.

언어가 가진 그 힘에 이끌리면서 독실한 무슬림, 불교 신
자, 그리고 종교에 냉소적인 무신론자들까지 조금씩 그 내면
에 새로운 신앙이 자리 잡기 시작한다.

세뇌처럼.

*   *   *

소백산 골짜기 외딴 오두막.

"힘이 부족한 건가?"

현성은 고심에 찬 뇌까림을 흘린다.

그는 외조부의 가르침에서 세상이 이름 지은 광검의 해답을 찾으려는 노력을 기울이고 있었다.

예전에 그가 보았던 반델리오 신부의 영상은 현성에게 깊은 영감을 던져 주었지만 정작 광검을 뽑아내는 원동력까지는 되지 못했다.

광검은 마치 수면에 노니는 얄미운 물고기처럼 배고픈 그를 놀리고 있었다.

"다른 비법이 있는 것인가?"

지구는 더 이상 인류가 안심하며 살아갈 수 없는 위험한 행성으로 변화하고 있었다.

자연 재앙인 지진은 그냥 넘어갈 수 있다.

하지만 후이넘이란 괴물의 등장은 앞선 자연 재앙과는 비교할 수 없는 공포심을 사람들에게 심어주었다.

천적!

인류는 후이넘이 자신들의 천적이 아닐까? 하는 생각을 하고 있었다.

그랬던 인류에게 광검의 존재는 어둠을 밝히는 한줄기 빛이었다.

휘이이이이잉.

매서운 산바람은 유리창 대용으로 사용하던 하우스용 비닐 고정 부위를 뜯어갔다.

퍼더더더덕.

자리에서 일어선 현성은 망치와 작은 판자와 못을 들고 창문 수리에 들어갔다.

쿵쿵쿵쿵.

날리는 비닐을 판자 아래에 붙잡고 못 다섯 개를 그 위에 박으니 비닐의 퍼덕이는 소리는 사라졌다.

집 안으로 들어가려던 현성은 걸음을 멈추었다.

제 방 창문만 이러란 법은 없으니 이참에 다 둘러보는 것도 나쁘지 않을 것 같았다.

부엌의 창문, 거실의 창문… 그리고 마지막으로 자매 방 창문까지 모두 확인한 현성은 현관 쪽으로 향했다.

그런데 현관 문고리를 잡아당기려는 그 순간 현성은 갑자기 솜털이 곤두서는 섬뜩한 느낌을 받았다.

이는 매서운 산바람도, 맹추위 때문도 아니었다.

그것은 살기였다.

'놈이다!'

쿵쿵쿵쿵쿵—!

현성의 심장은 이 순간 매우 빠른 속도로 뛰기 시작했다.

하지만 그의 눈빛과 표정은 제 심장의 속도와 달리 차갑고 담담할 뿐이다.

스윽.

꼭꼭 여몄던 외투를 느슨하게 푼 현성은 들고 있던 공구를 바닥에 툭 떨어뜨렸다.

그의 동작과 행위는 자연스러워 상대의 방심을 유도한다.

짐승의 두 눈은 오랜 굶주림으로 핏발이 곤두서 있었다.

거대한 덩치에서 뿜어져 나오는 놈의 위압감은 오금을 저리게 했다.

현성이 천천히 몸을 돌렸다.

그때 세찬 바람이 현성의 측면을 때렸다.

펄럭.

외투가 바람에 펄럭였다.

두 정의 M9 베레타가 그의 허리에서 모습을 드러냈다.

그때였다, 거대한 콧김을 뿌리며 멧돼지가 그를 향해 돌진한 것은.

현성의 양 팔이 허리 쪽으로 엑스 자로 교차했다. 교차한 팔을 풀자 그의 양손엔 두 자루의 권총이 칙칙한 먹빛을 발했다.

탕탕탕탕탕—!

커다란 멧돼지의 얼굴을 향해 현성은 주저 없이 방아쇠를 당겼다.

현성은 물러설 곳이 없었다.

멧돼지 역시 돌진을 멈출 생각이 없었다.

멧돼지의 얼굴은 금세 피범벅이 됐다.

서른 발의 총알이 놈의 얼굴에 빼곡히 박혔다.

무쇠가 아니기에 놈은 죽었다.

그러나 가속도가 붙은 놈의 육체는 숨이 끊어졌음에도 불구하고 위협적인 속도로 현성을 향해 쭉 미끄러졌다.

틱.

현성의 등이 벽에 붙었다.

맹렬한 속도로 미끄러져 오던 멧돼지는 그와 한 보 거리를 남겨두고 멈추었다.

소백산이 키운 멧돼지는 못해도 그 무게가 오륙백 킬로그램은 되어 보였다.

후욱.

놈의 죽음을 확인한 순간 꾹 참았던 숨이 현성의 입술을 비집고 봇물처럼 터져 나왔다.

이놈은 현성과 자매의 산중 생활을 가장 위협하던 생물체였다.

하지만 그 생물체도 뜨거운 서른 발의 금속 앞에서는 한낱 고깃덩어리로 전락했다.

'여기까지 올 줄이야.'

놈의 표적이 자신이어서 다행이다.

만약 아연이나 희연이었다면… 생각만 해도 끔찍한 일이다.

오두막 문이 벌컥 열린다.

그곳에서 아연과 희연이 총을 들고 쏟아지듯 뛰어나왔다.

집채만 한 멧돼지를 본 자매는 얼굴에서 혈색이 증발했다.

곧이어 자매는 약속이라도 한 듯 마른 딸꾹질을 해댔다.

히끅.

히끅.

자매에게 걸어간 현성은 두 사람의 총구를 내리 눌렀다.

오발을 염려해서다.

하지만 염려할 필요가 없었다.

"안전핀이 그대로군. 훈련이 아직 덜 됐군. 흠."

자매는 망연자실한 눈으로 현성을 보았다.

정신을 차린 아연은 걱정스러운 눈으로 현성을 살피기 시작했다.

다쳤으면 치유해 주기 위함이다.

"안 다쳤어."

그의 말에 아연은 그제야 긴장감을 완전히 내려놓을 수 있었다.

희연이 두 사람을 스쳐 멧돼지 사체를 향해 걸어갔다.

툭툭.

발끝으로 사체를 치던 희연이 그 주위를 한 바퀴 돌더니 얼굴이 있는 쪽에 쪼그려 앉았다.

그녀의 표정은 몹시 진지했다.

"희연아, 뭐 해?"

죽은 놈이 벌떡 일어나 공격할 리 만무하다.

하지만 놈의 위압적인 덩치에 질린 나머지 아연은 여동생의 행동이 위태롭게만 보였다.

"언니, 이놈 얼굴 완전 걸레짝이야. 서른 발 전부 명중했어."

"뭐? 전부?"

"그래, 전부. 와서 봐봐."

멧돼지의 얼굴은 처참하게 망가져 있었다.

꿈에 볼까 겁난다.

그런데도 소녀는 현성의 사격 솜씨에만 관심을 가질 뿐 흉측하게 변한 멧돼지의 얼굴은 아예 신경조차 쓰지 않았다.

희연에게 이 멧돼지는 다듬지 않은 돼지고기였다. 그것도 자연산.

"지, 징그럽네."

아연이 뒷걸음질 치며 말한다.

"쳇, 징그럽긴. 언니, 삼겹살 좋아하잖아."

"넌 저걸 보고도 그런 생각이 드니?"

현성은 자매의 하는 양을 지켜보았다.

그는 내심 자매의 담대함에 놀라고 있었다.

희연은 몰라도 아연에게 멧돼지의 모습은 충격일 것이다.

기절하지 않을까? 내심 걱정되어 그녀를 잡으려 했던 손이 민망할 지경이다.

'아연이도 은근히 강적일세.'

현성은 자매가 충격에 빠지지 않은 것을 다행으로 여겼다.

*　　　　*　　　　*

정부가 제공한 대피소는 대부분이 만원이다.

그래서 대다수의 사람은 정전과 단수를 견디며 자신의 집, 혹은 빈집을 구해 생활했다.

정부는 이들의 안전을 위해 군경을 동원해 수시로 순찰을 돌았지만 시민들은 늘 위험에 노출되어 있었다.

범죄는 생활이 피폐해질수록 더욱 늘어났고 극악한 양상을 띠었다.

정부의 강력한 처벌도 범죄를 줄이지는 못했다.

이렇다 보니 대피소에 들어가지 못한 시민들은 신변의 불안을 느끼면서 생활해야 했다.

딸과 함께 집으로 돌아오던 가장이 집 앞에서 불의의 린치를 당했다.

딸은 저항해 볼 사이도 없이 억센 손에 입이 틀어 막혀 집 안으로 끌려들어 갔다.

문틀엔 끌려들어 가지 않으려 발버둥 친 여자의 손톱자국이 떨어져 나간 손톱과 함께 붉게 남았다.

집 안에 있던 부녀의 가족들이 뛰쳐나왔지만 이들은 복면의 무리에 의해 금세 제압당했다.

도적들은 집 안에 비치된 생필품과 식량을 모두 챙긴 뒤 그 가족들이 보는 앞에서 딸을 집단 강간했다.

이도 모자라 놈들은 일가족을 모조리 죽인 뒤 유유히 그 집을 빠져나갔다.

인면수심의 잔인한 짐승들이 이처럼 곳곳에서 사건 사고를 일으키며 사회 분위기를 더욱더 흉흉하게 만들고 있었다.

*   *   *

소백산 은신처.

쿵쿵쿵.

한 소녀가 나무등치에 앉아 도끼질에 여념이 없는 남자를 본다.

매서운 눈매를 가진 무표정의 남자는 자신을 빤히 응시하는 소녀의 시선에 도끼질을 멈추며 고개를 돌렸다.

"할 말 있어?"

새하얀 입김이 남자의 입에서 공장 굴뚝에서 나오는 연기처럼 뿜어진다.

소녀는 희연이고, 남자는 현성이다.

"바깥은 어때?"

산속 생활을 전전하다 보니 바깥세상이 어찌 돌아가는지 희연은 알지 못했다.

가끔 현성이 지나가는 투로 '상황이 좋지 않아'라는 말을 해줄 뿐이었다.

직접 보지 않았기에 희연은 좀이 쑤신 아이처럼 왕성한 호기심을 드러내곤 했다.

"많이 흉흉해."

"칫, 그 말이 듣고 싶은 게 아냐."

얼마 전 오두막을 습격한 멧돼지 사건으로 희연은 사람들이 모여 사는 도시에서의 생활이 더 안전하지 않을까? 하는 생각을 하고 있었다.

뾰루퉁한 희연의 표정에선 작은 불만이 느껴진다.

현성은 도끼를 나무에 깊게 박아 넣은 뒤 맞은 편 나무등치에 걸터앉았다.

울타리를 보강하고 텃밭을 일구기 위해 일주일 내내 벌목에 매달리고 있는 현성이었다.

차가운 바람이 그의 구슬땀을 순식간에 떠안고 가버린다.

3월 초. 아직도 산속은 한겨울처럼 춥다.

반짝이는 희연의 두 눈에선 세상을 향한 갈망이 보인다.

그 갈망의 정체를 현성은 알아본 듯 넌지시 물었다.

"바람 쐬고 싶어?"

그의 말이 떨어지자마자 희연의 엉덩이가 들썩거린다.

"다음에 나갈 때 따라가도 돼?"

기대로 가득한 희연의 표정을 본 현성은 잠시 생각했다.

세상은 지금 거대한 진통을 겪고 있었다.

그 과정을 보노라면 인간에 대한 환멸과 혐오감이 치솟았다.

"가고 싶어?"

"궁금해."

의아한 표정의 현성을 본 희연은 언제 그랬냐는 듯 들뜬 기색이 확 꺾인다.

"답답해서 그래. 그렇다고 지금 이 생활이 나쁘다는 건 아니야. 하지만 언제까지 여기에 틀어박혀 살 수는 없잖아. 우리는 인간이니까."

희연의 마지막 멘트에서 그녀의 진심이 크게 묻어난다.

현성은 그녀의 마지막 멘트를 입안에서 무겁게 굴렸다.

우리는 인간이니까… 인간이니까.

구름 한 점 찾아볼 수 없는 청명한 하늘을 현성은 올려다보았다.

세상이 맑고 깨끗한, 티끌 하나 없는 저 하늘 같다면야 자매를 굳이 이곳에 둘 생각은 없었다.

그녀의 말처럼 인간은 무리를 지어 살아가는 습성이 있기 때문이다.

"아연이도 같은 생각이니?"

현성이 보기에 아연은 산중 생활에 만족감을 드러내고 있었다.

하지만 그녀의 속을 들여다보지 않았으니 정확하지는 않았다.

"언니가 그런 걸 내색할 사람은 아니잖아."

"하긴."

"언니는 우리 때문에 아저씨가 좋은 생활 다 포기하고 이렇게 산다고 생각해. 그래서 늘 미안해하지. 그런데 그런 걸 어떻게 내색할 수 있겠어. 데려가기 싫음 말아. 고집 피울 생각은 나도 없어."

실망한 표정으로 일어선 희연이 어깨를 축 늘어뜨리며 돌아선다.

그 모습이 안쓰럽게 보인 것일까?

"네 실력을 본 뒤 결정하마."

현성이 보기에 세상은 위험천만한 요소들로 넘치고 있었다.

그러한 곳에 자신을 스스로 지킬 힘이 없는 소녀를 풀어둔다는 것은 기름을 지고 불길 속에 뛰어드는 것이나 다름없다.

물론 곁에서 자매를 지켜주면 문제될 게 없지만 그래도 사람 일이란 알 수 없기에 희연의 실력을 점검하기로 결심했다.

돌아선 희연의 얼굴이 환하게 웃는다.

그러나 그 웃음은 몸을 돌린 순간 언제 있었냐는 듯 싹 사라지고 없었다.

"나, 열심히 했어."

"노력보단 결과지."

점심시간도 다 되어간다.

오전 일과를 일찍 마치기로 결정한 현성은 희연과 함께 사격장으로 사용하는 계곡으로 향했다.

계곡에 도착한 현성은 표적을 곳곳에 설치했다.

희연은 그가 비켜서자 권총을 빼 들어 그가 세운 표적을 향해 발사했다.

탕탕탕탕탕―!

현성이 세워둔 표적은 다섯, 그리고 다섯 발의 총성이 불꽃과 함께 터졌다.

표적 세 개가 명중되어 쓰러졌고, 두 개는 멀쩡했다.

안타까움을 느낀 희연이 제 입술을 껌처럼 질겅질겅 씹어대며 어깨를 축 늘어뜨린다.

현성은 그녀를 스쳐 표적을 세워둔 곳으로 간 뒤 일일이 이를 확인했다.

'실력이 많이 늘었군.'

멀쩡한 두 개의 표적은 완전히 빗맞은 게 아니라 스쳐 맞았다.

표적의 크기를 고려했을 때 희연의 사격 솜씨는 장족의 발전을 이뤘다.

현성은 희연이 자만할까 봐 이를 내색하지 않고 그녀 앞에 섰다.

그러곤 상당히 무뚝뚝한 어조로,

"두 개 실패다."

얼굴을 붉게 물들인 희연이 화난 음성으로 말했다.

"칫, 알아. 나도 눈 있어."

"단검."

'실력을 더 연마해!' 라는 말이 현성의 입에서 나올 것이라 생각했던 희연은 그의 말에 고개를 발딱 치켜들었다.

희연의 두 눈은 희망으로 한껏 부풀어 있었다.

현성은 자매에게 사격술과 함께 도움이 될 만한 것을 가르쳤다.

그중 그가 중점적으로 가르친 것이 단검술이다.

자매는 현성의 가르침과 수련 일정을 하루도 빼먹지 않고 지켰다.

희연이 양 허벅지 벨트에서 단검을 빼 들었다.

총과 단검은 늘 휴대하도록 현성은 자매에게 주지시켜 왔다.

자매는 그의 이런 지시를 한 번도 어기지 않았다.

"조심해, 아저씨!"

스팟!

희연이 현성을 향해 간결하고 빠른 동작으로 망설임 없이 단검을 휘둘렀다.

이는 희연이 현성의 실력을 알고 있었기에 가능한 위험천만한 공격이다.

자고로 칼이란 날붙이는 자칫 잘못 휘두르면 스스로 베고

찌를 수 있어 각별한 주의가 요구된다.

그러나 현성의 지도를 꾸준히 받은 희연은 그러한 위험 요소가 제거된 깔끔한 동작으로 단검을 사용하고 있었다.

몸을 사용하는 데 천부적인 재능을 지닌 이가 바로 현성이다.

현성은 그 자신이 지닌 경이로운 습득력을 바탕으로 단검술을 홀로 체득한 뒤 자매에게 그 요지를 가르쳤고 수시로 이런 대련을 하여 자매에게 실전 감각을 익히게 했다.

스윽.

현성은 희연의 공격을 근접한 곳에서 피해냈다.

얼굴, 목, 상체로 연결된 치명적인 부위를 희연의 단검은 끈질기게 노렸다.

위험천만한 희연의 공격을 현성은 정확하게 피해냈다.

그러다 상대의 팔을 쳐 내거나 잡아채서 무력화시켰다.

공격이 번번이 실패로 돌아가자 희연은 애가 타기 시작했다.

바깥 구경을 하고 싶은 바람은 그녀를 시험을 대하는 마음이 아닌 생사를 건 결투의 마음으로 바꾸어놓았다.

이를 악문 희연의 공격은 그래서 더욱더 매서워지고 빨라진다.

희연이 상대하는 자가 일반인이었다면 그녀의 공격은 일

찌감치 성공했을 테지만 그녀가 상대하는 이는 공간지각 능력이 탁월한 현성이다.

현성은 희연의 공격을 눈이 아닌 감으로 일목요연하게 보고 있었다.

이러니 희연의 단검은 허공을 향해 휘두르는 것과 다름없었다.

"헉헉헉."

무려 이십 분이나 전력을 다해 현성을 공격했던 희연은 그의 두툼한 겨울 옷자락도 베지 못한 채 나가떨어졌다.

지친 입김을 연방 토해내는 희연의 좌절한 모습에 안쓰러움을 느낀 것일까? 현성이 그녀를 위로하기 위해 무방비로 접근했다.

그때 녹초로 보이던 희연은 언제 그랬었느냐는 듯 현성을 향해 불시에 공격을 가해왔다.

그녀의 단검이 노린 부위는 목이었다.

스윽.

놀라운 반사 신경을 지닌 현성이다.

현성의 허리와 상체는 마치 물이 흐르듯 자연스럽게 뒤로 빠졌다.

그와 동시에 몸의 균형을 잡아주던 두 다리 중 하나를 위로 올렸다.

현성의 무릎이 단검을 쥔 희연의 팔꿈치를 가격하여 그녀의 공격을 무산시켰다.

순식간에 벌어진 그림 같은 한 수였다.

"악!"

몸의 중심이 무너진 희연은 짧은 비명과 함께 전방으로 쓰러졌다.

볼썽사납게 앞으로 쓰러져 있던 희연은 격한 숨을 토해내며 하늘을 향해 돌아누웠다.

현성을 바라보는 희연의 눈동자가 크게 흔들린다.

"미, 미안. 나도 모르게… 그만."

희연은 제 언니와 달리 승부욕이 꽤나 강한 편이었다.

그런 아이가 무려 이십 분간 현성에게 농락(?)당했으니 어찌 오기가 솟구치지 않겠는가.

후회와 자책감으로 가득한 희연을 내려다보며 현성은 고개를 내저었다.

"훌륭한 근성이었어. 그러니 일어나지도 않은 일에 연연해하지 마."

든든한 오빠처럼, 포근한 봄 햇살처럼 현성이 자신을 감싸주자 희연은 그제야 경직된 표정을 풀 수 있었다.

현성은 여전히 일어서지 못하는 희연을 향해 손을 내밀었다.

떨리는 몸을 겨우 주체한 희연이 몸을 일으켰다.

'애가 많이 놀랐군.'

현성은 그녀의 마지막 일격을 정말이지 대수롭지 않게 생각했다.

하지만 가해자인 희연은 그처럼 편안하지 못한 듯 여전히 자책과 두려움에 몸을 떨었다.

나직이 한숨을 불어낸 현성은 바닥에 떨어진 단검을 주워 물기를 제거한 뒤 희연에게 내밀었다.

희연은 예전처럼 이를 덥석 받지 않았다.

무기는 남을 다치게도 하지만 때론 자신의 마음에도 상처를 낸다.

상처의 이름은 자책과 후회다.

오늘 희연은 이를 체득했다.

한 쌍의 눈길이 실전을 방불케 하는 두 사람의 대련을 내내 지켜보고 있었다.

아연이었다.

'나도 분발해야겠구나.'

*   *   *

멧돼지로 인해 무너진 울타리 보강에 열중이던 현성을 향해 희연이 걸어왔다.

어제의 사건이 꽤나 큰 충격이었던 듯 하룻밤 새 그녀의 얼굴은 몰라보게 수척해져 있었다.

하지만 그 눈빛만큼은 이전보다 더욱 견고하고 성숙해 보였다.

"나, 안 갈래."

뜬금없이 이 말을 한 뒤 희연은 몸을 돌려세웠다.

밤새 희연은 자신의 능력과 앞으로 살아갈 방향에 대해 깊게 생각했다.

밤을 하얗게 지새운 희연은 자신이 지금보다 더욱더 강해질 필요성을 절감했다.

의욕만 앞선 어쭙잖은 실력으론 스스로는 물론 가족—현성과 아연—도 다치게 할 수 있음을 깨달았기 때문이다.

말뚝을 세울 구덩이를 파던 현성은 그 작업을 멈춘 채 돌아선 희연을 응시했다.

"왜?"

"언니 심심해."

"그게 이유의 전부니?"

희연은 여전히 몸을 돌리지 않은 채 그곳에 서서 대답했다.

"수련에 열중하고 싶어졌어. 꼭 강해질 거야, 아저씨처럼."

"음… 알겠다. 다음에 가고 싶으면 언제든 말해."

쓸데없는 말을 늘어놓지 않는 현성에게 희연은 내심 고마움을 느꼈다.

"고마워, 아저씨."

"응?"

"그런데 왜 우리에게 잘해주는 거야?"

희연은 전에도 현성에게 이와 유사한 질문을 한 바 있었다.

하지만 그때의 그 질문엔 경계심이란 날카로운 가시가 돋쳤었다.

그랬던 반면 지금의 이 질문에는 감사와 진심만이 담겨 있었다.

전에도 그랬듯이 현성은 이번의 질문에도 망설임 없이 대답했다.

농담기 하나 없는 담백한 어조로.

"그러고 싶었으니까."

희연이 고개를 돌려 그를 본다.

한참을 그렇게 뚫어지게 현성을 바라보던 희연이 픽 웃으며 말했다.

"그래도 내게는 영원한 아저씨야."

다다다다.

홍조를 얼굴 가득 피워 올리며 달아나듯 뛰어가는 희연이다.

그녀가 시야에서 사라질 때까지 바라보던 현성의 입가에 부드러운 미소가 걸렸다.

'이 나이에 아저씨라니.'

호칭 따위 전혀 신경 쓰지 않는 현성이다.

결단코!

제19장
무법자들

탕탕탕!

부아아아아아앙—!

굉음을 일으키며 수십 대의 오토바이가 위험한 곡예 운전을 하며 도심을 질주했다.

이들은 사회적으로 물의를 불러일으키고 있는 무장 무법자들이다. 이들은 자신들을 비판하던 사람들을 급습하여 많은 인명 피해를 내고 도주 중에 있었다.

군과 경찰이 이들의 뒤를 바짝 추격하며 연방 경고사격을 했다.

그런데도 놈들은 이에 전혀 주눅이 들지 않았다.

오히려 위험한 곡예 운전을 해대며 행인과 차량을 위협했다.

놈들이 지나가는 곳마다 사람들의 비명과 두려움으로 채워졌다.

"멈춰라! 멈추지 않으면 특별법에 의거해 발포하겠다!"

폭주하는 무법자들은 십 대 후반에서 이십 대 초반의 연령대로 구성된 혈기 왕성한 자들이었다.

이들이 어디서 무기를 입수했는지에 대해 여러 가지 추측이 나왔고 이를 원천 봉쇄하기 위해 정부는 총력을 기울였다.

하지만 이미 풀려 버린 무기는 정부로서도 어쩔 수 없었다.

휙.

후미에서 달리던 무법자 놈이 품에서 뭔가를 꺼내더니 추격 차량을 향해 이 물체를 던졌다.

한 손에 쥘 수 있는 타원형의 물체는 지면과 만나는 순간 요란한 굉음과 불꽃을 피워 올렸다.

"크하하하하! 엿이나 먹어라!"

근처에 있던 사람들은 굉음과 날아오는 파편에 혼비백산했다.

"폭탄이다!"

"꺄아아아아악!"

"다, 달아나!"

총기로 무장한 무법자들. 놈들의 숫자와 세력이 전국구가 되면서 이에 위협을 느낀 일반인들은 정부에 총기 자율화를 요구했다.

대한민국의 성인 남성 대부분이 군대에 갔다 왔다.

이십 대 중후반 이상의 남성들은 총만 쥐여주면 언제든 써 먹을 수 있는 전사가 된다.

하지만 정부는 이를 수용하지 않았다.

이유는 사회 혼란을 부추긴다는 것이었다.

사회 혼란의 주범들이 날뛰고 있는 현시점에서 정부의 답변은 부적절하다.

하지만 그 이면을 들여다보면 이해 못 할 것도 없다.

불신!

정부는 국민들을 믿지 못한 것이다.

반대로 국민들은 무기와 식량을 움켜쥐고 있는 정부를 따를 수밖에 없었다.

"쫓아올 수 있으면 쫓아와 봐라! 크하하하."

파괴를 자행한 놈들은 죄책감 하나 없이 광소를 날리며 오토바이 속도를 배가시켰다.

요란한 오토바이 엔진 음은 차가운 얼음송곳처럼 사람들을 찌른다.

후다닥.

모두가 달아나기 바쁘다.

무법자들은 홍해처럼 갈라지는 사람들의 모습에서 삐뚤어진 자부심과 영웅심에 빠져들었다.

부아아아아앙!

끼이익. 끼리리릭. 쿵, 쿵쿵! 화르륵.

무장 무법자들을 추적하던 차량 대부분이 수류탄의 영향을 받아 전복되거나 운행 불능에 처했다.

놈들은 민간인의 피해를 전혀 안중에도 두지 않았다. 반면 민간인의 피해를 최소화하려다 보니 정부군의 응사는 소극적일 수밖에 없었다.

"으아아아아!"

"꺄아아아악!"

"으헉!"

무법자들을 태운 오토바이 일부는 불길이 붙은 채 인도로 돌진하여 행인들을 들이박고 화살처럼 상가에 꽂혔다.

길가에 긴급 주차한 차를 들이박고 폭발하는 오토바이도 있었다.

충돌이 발생한 곳에선 금세 불길이 일어나 그 주변을 아비규환으로 만들었다.

몇 대의 용감한 추격 차량이 아수라장이 된 그곳에서 매캐

한 검은 연기를 뚫고 나왔다.

외관이 멀쩡한 추격 차량은 한 대도 보이지 않는다.

지원이 절실하다.

그때 상공에서 프로펠러 소리가 사방으로 퍼져 나갔다.

투투투투투투.

지원 요청을 받은 무장 헬기가 사건 현장 상공에 도착한 것이다.

사회를 좀먹는 무장 무법자들에 대해서 정부는 앞서 강력하게 경고한 바 있었다.

정부의 엄중한 경고에도 불구하고 무법자들의 행태는 점점 도를 넘어섰다.

이에 정부는 이들에 대한 발포를 군경에 허락했다.

야권과 인권 단체에서는 이에 반발했다.

악인 하나를 처치하면 백 사람이 편하다.

그들은 백 사람의 위기를 나 몰라라 하는 것이다. 자신의 가치와 신념 때문에.

과연 그게 옳은 걸까?

끼리리릭!

한 번의 강도 높은 경고 후 헬기에선 안전핀이 제거되는 소리가 흘러나왔다.

무법자들은 여전히 이를 무시했다.

두두두두두두—!

오만 방자한 무법자들을 향해 응징이 가해졌다.

끼이이이익. 촤아아아아, 쿠당탕탕. 쿵! 콰아아아앙!

십여 대의 오토바이가 지면에서 미끄러져 도로에 적재된 건물 잔해를 들이박았다.

흉물스러운 이 잔해 더미는 어디서나 흔히 볼 수 있었다.

폭음과 비명이 이 일대에 메아리친다.

무법자들은 동료들이 다치고 죽는 것에도 아랑곳하지 않았다.

오히려 더 광분하여 애꿎은 시민들에게 화풀이를 했다.

탕탕탕탕!

복구공사에 동원된 사람들이 총을 맞았다.

행인들이 화를 당했다.

아이가 던진 돌에 맞아 죽는 개구리처럼 사람들이 죽었다.

어린아이를 데리고 가던 어머니가 죽고 할머니가 죽었다.

아이는 주저앉아 그 시신 앞에서 울지도 못한 채 두 번 다시 일어설 수 없는 시신만 연방 흔들었다.

무차별적인 무법자들의 발악이 정부군의 공세를 주춤케 했다.

"흩어진다!"

놈들의 리더가 무전을 통해 산개 지시를 내리자 대오를 갖추어 달리던 놈들은 곧 산지사방으로 흩어졌다.

놈들에겐 도로와 인도는 그냥 길이었다.

사람들의 안전 따위 이들에겐 안중에도 없었다.

붕괴 위험이 있어 출입을 금지한 팻말을 짓밟고는 비스듬하게 기운 건물 사이로 놈들이 들어갔다.

콘크리트 파편이 제 머리 위로 떨어져도 놈들은 이를 개의치 않았다.

오히려 이 상황을 즐기는지 위태로운 건물을 향해 총질까지 해댔다.

우르르.

쿠아아아앙!

커다란 콘크리트 조각이 달리던 오토바이를 내리찍었다.

그 좌우를 서너 대의 오토바이가 거침없이 질주한다.

부아아아아앙.

"미친 개새끼들!"

산개한 무법자들을 쫓던 헬기의 사수가 이를 갈아붙였다.

그때 이 헬기를 향해 빠르게 접근하는 물체가 있었다.

기관총 사수는 자신을 향해 정면으로 날아오는 이 물체를 보고 비명을 내질렀다.

"로켓이다!"

헬기 조종사는 방향을 선회하려고 급히 조종간을 움직였다.

하지만 로켓이 그보다는 더 빨랐다.

콰아아아앙!

중화기를 이용한 무법자의 과감한 반격.

다행히 다른 한 대의 헬기는 급히 자리를 피해 2차로 날아온 로켓을 무사히 피할 수 있었다.

남은 한 대의 헬기는 사태의 심각성을 절감하곤 급히 지원 요청을 했다.

지상에서도 인근에서 출동한 경찰과 군인들이 속속 합류했다.

하지만 이들의 합류는 무법자들이 현장을 벗어난 지 한참이 흐른 뒤의 더딘 출동이었다.

무법자들의 대규모 난동은 대한민국 수도 서울과 인접한 인천에서 발생한 사건이었다.

정부 운영 대피소, 혹은 자택과 직장에서 이 소식을 접한 국민들은 충격과 당혹감을 금치 못했다.

개별적으로 생활하는 사람들은 범죄에 대한 두려움으로 다들 자구책을 마련했다.

하지만 총기까지는 아무도 생각하지 못했다.

정부가 허락하지 않았기에.

그런데 자신과 가족의 안전을 위협하는 범죄자들은 총기도 모자라 수류탄에 로켓까지 갖고 있었다.

우리에게도 총을 달라!

정부를 향한 국민들의 목소리가 전국에 메아리친다.
이번 인천 대규모 무법자 난동 사건에 대해 일각에선 북한의 공작이 아니냐는 말도 했다.
하지만 몸살은 대한민국만 겪는 게 아니었다.
북한 역시 지독한 몸살을 앓고 있어 외부로 눈 돌릴 여력이 없었다.

*　　　*　　　*

인천 외곽의 물류 창고.
강진 발생 이후 정부는 인력과 물자의 징발령을 내렸다.
모 기업의 물류 창고였던 이곳 역시 징발되어 현재는 정부가 사용하고 있다.
물류 창고 주변은 이곳에 보관 중인 물자를 지키기 위해 군 병력이 주둔하고 있었다.
군데군데 장갑차와 기관총 진지가 눈에 띈다.
허락 없이 이곳에 접근했다간 죽음을 각오해야 한다.
이곳의 긴장감은 최전방 못지않다.

철컥.

생필품과 식품을 실은 십여 대의 차량이 창고를 나섰다.

대열의 전후에는 무장한 군인들이 탑승한 차량에 대한 호위로 따라나서고 있었다.

최근 잇따른 수송 차량 습격으로 인해 취해진 조치다.

치이이익.

"루트 5로 경로를 변경한다. 각 호위 차량은 경계를 철저히 하기 바란다."

수송대를 호위하는 각 차량에 루트 변경 지시가 무전으로 떨어졌다.

수송품의 안전한 수송을 위해 이동 경로는 그날그날, 혹은 사정에 따라 이처럼 정해지는 경우가 많았다.

오늘 이 수송대는 3번 루트를 이용할 계획이었다.

"출발!"

11번 수송 차량 내부.

운전자 옆에 무장한 젊은 군인 하나가 뻐딱하게 앉아 있다.

건방진 자세로 앉아 있는 녀석의 계급은… 고작 이등병.

민간인 운전기사가 투덜거리며 말한다.

트럭은 이 운전자의 차량이다.

정부의 징발령에 의해 운전자와 차량이 동시에 물류 창고에 배치되었다.

가족과 떨어진 생활이 힘들었지만 대신 배급권을 좀 더 얻을 수 있다는 장점도 있었다.

"김 이병아, 넌 운 좋은 줄 알아라. 이런 시절엔 군인이 최고다."

"그게 무슨 말씀입니까?"

"넌 뉴스도 안 보냐?"

"보지 말입니다."

"그럼 알 거 아냐. 세상이 미쳐 돌아가려고 그러는지 온 사방에서 흉악한 범죄가 기승을 부리잖아. 그 미친놈들은 어디서 구했는지 총기까지 있어. 하지만 국민들은 기껏해야 야구방망이야. 그러니 놈들과 상대가 되겠냐?"

운전수 장 씨의 불만 가득한 목소리에 김 이병은 수긍하지 않을 수 없었다.

"총기를 민간에 풀면 사태는 더 걷잡을 수 없지 말입니다."

"국민이 깡패냐? 물론 똘아이 기질을 가진 놈들도 있겠지만."

운전기사 장 씨의 두 눈엔 분노의 감정이 깔려 있었다.

무법자에게 가족이나 친구가 희생되지 않고서는 보기 힘든 감정의 빛깔이다.

김 이병은 장 씨를 잠시 바라본 뒤 시선을 창밖으로 던졌다.

내무반에서는 고달프지만 이처럼 수송 임무가 떨어지면 더할 나위 없이 편한 김 이병이다.

'루트 변경으로 두 시간은 더 개길 수 있겠구나. 흐흐흐. 잠이나 때려야지.'

부우우웅.

수송대의 하늘 위로 어둠의 장막이 펼쳐진다.

한적한 국도 변. 빈집들이 마치 음울한 묘비처럼 드문드문 서 있다.

붕괴한 가옥도 다수 보인다.

저 현장에는 필시 한두 구의 시체도 있을 것이다.

어쩌면 구출을 손꼽아 기다리는 자들이 있을지도.

졸다 깬 김 이병은 어둠에 잠긴 풍경을 보다 곧 시선을 돌려 버렸다.

이런 일에 일일이 마음 쓰다 보면 동기처럼 자살할지도 모를 일이다.

*   *   *

인적이 끊긴 한적한 시골 국도 변.

수십 개의 엔진 음이 석양을 등진 채 이 도로를 빠르게 내달리고 있었다.

이들이 향하는 곳은 대피령으로 주민들이 살지 않는 버려진 마을이다.

그런데 그 마을에는 알려진 것과 달리 사람이 머물고 있었다.

버려진 마을에 머물고 있는 남자는 이십 대 초중반으로, 그는 주민들이 떠나면서 방치되어 있던 흩어진 닭들을 이리저리 뛰어다니며 잡아들였다.

"음… 닭이 원래 이리 날렵하고 사나운 동물이었나?"

남자의 옷이며 머리에 닭 털이 군데군데 붙어 있고, 닭의 발톱에 옷이 찢기기도 했다.

포획이 성공적이라 그나마 위안으로 삼을 수 있었다.

저기에 남자가 두 시간에 걸쳐 이리저리 뛰어다니며 수고한 결실이 있다.

주둥이가 묶인 네 개의 포대가 들쑥날쑥 움직인다.

남자의 성과물은 포대 안에서 죽겠다며 아우성쳤다.

그게 어찌나 소란스럽던지 선량한 남자는 화가 났다.

퍽퍽퍽퍽!

"조용히."

꼬꼬꼬.

퍽!

꼬오오오옥—!

잠잠.

남자는 닭들이 조용해지자 지친 몸을 이끌고 대청마루에 올라가 앉았다.

깨진 벽걸이 거울에 비친 제 모습에 남자는 실소를 흘렸다.

그런데 거울에 비친 남자의 얼굴은 놀랍게도 선우현성이었다.

꼬르륵.

닭 잡으러 뛰어다니느라 큰 에너지를 소모한 현성은 이를 보충하기 위해 새참을 먹기로 했다.

대청 안쪽에는 그가 놓아둔 두 개의 배낭이 나란히 놓여 있었다.

그중 오른쪽의 배낭을 열자 그 안은 다양한 종류의 가공식품들로 가득했다.

국가에서 식량 배급을 관리 감독하는 빡빡한 시절에 한 개인이 이처럼 많은 양의 식품을 갖는 건 정말 보기 힘들다.

암상인을 제외하곤.

물론 현성 역시 이 물건을 합법적인 방법으로 구한 것은 아니다.

현성은 법 없이(?) 사는 남자가 아닌가.

현성은 통조림과 음료수를 꺼냈다.

꼬꼬고고고.

네 개의 포대 안에 들어간 닭들이 또 아우성의 전조를 보인다.

누가 닭대가리 아니랄까 봐.

곧 현성은 놈들에게서 신경과 시선을 거두었다.

'역시 조류가.'

저러니 한 해 수천만 마리의 조류가 인간의 식탁 위에 오른다.

현성은 왜 저들 종족이 인간의 식탁에 자주 오르는지 그 이유를 오늘에서야 이해했다.

우적우적.

대청마루 턱에 걸터앉은 현성의 매끈한 옆얼굴 선을 석양이 쓰다듬는다.

부아아아아아앙.

"이 소린… 뭐지?"

한 입 정도의 양이 남은 통조림을 입안에 털어 넣은 현성은 소리가 들린 방향을 예의 주시했다.

저 멀리에서 수십 대의 오토바이가 달려오고 있었다.

텅 빈 마을 안으로 진입한 놈들은 수상쩍은 행동을 했다.

현성이 잠시 점거한 이 집은 마을에서도 지대가 높은 곳이다.

그렇다고 '지대가 높으니 사방에서 들여다볼 수 있지 않을까? 라는 생각은 오산이다.

안에서는 밖을 살피기 용이하나 밖에서는 안을 살피기 어려운 위치다.

해가 완전히 지고 어둠이 세상을 완전히 장악하려면 아직 이삼십 분쯤 남았다.

그가 가져온 포대는 모두 다섯 개. 그중 네 개는 채웠지만 하나는 비어 있었다.

'포대 하나는 못 채울지도……'

작은 쌍안경이 현성의 잠바 안쪽 호주머니에서 스윽 등장한다.

마을로 잠입한 무리는 인천 도심에서 난동을 부렸던 무법자들로, 그중에서도 정예들이다.

놈들은 쉴 장소가 필요해서 이곳에 모인 게 아니었다.

그럴 생각이었다면 농기계로 도로를 차단하는 일은 하지 않았을 것이며 불편한 매복은 더더욱 하지 않았을 것이다.

'무법자들이 왜 이곳에?'

혼란과 공포를 조장하는 악의 축.

술, 여자, 마약으로 하루하루를 살아가는 저 망종들에게 걸리면 그게 무엇이든 온전하게 남는 법이 없다. 그래서 사람들에게 놈들은 후이넘과 쌍벽을 이루는 재앙으로 여겨지고 있었다.

저들이 국도 변 마을에 매복한 데엔 필시 이유가 있으리라.

하지만 현성은 놈들이 무슨 짓을 하든 상관하지 않기로 했다.

그렇게 결정한 그는 소백산 은신처로 돌아가려 했다.

그런데 그때 잠시 스쳐 보인 어떤 한 남자로 인해 현성은 다시 놈들을 꼼꼼하게 살펴보게 되었다.

현성이 살펴보고 있는 남자 앞으로 남자의 동료들이 수시로 왔다 갔다 했다.

그 바람에 현성은 남자의 얼굴을 정확하게 식별할 수 없었다.

남자는 현성의 시야에서 사라졌다.

'확인이 우선이다.'

현성은 마을을 떠나지 않았다.

그는 남자가 다시 시야에 잡히길 기다리며 쌍안경으로 무법자의 동태를 유심히 관찰했다.

노을은 어느새 어둠에 잡아먹혔다.

무법자들은 한 점의 불도 밝히지 않았다.

이처럼 깜깜한 어둠 속에선 더 이상 쌍안경의 도움을 받을 수 없었다.

그때 긴 불빛의 행렬이 도로 저만치서 무법자들이 매복한 길목으로 몰려오고 있었다.

'저것이었나?'

정부 수송 차량의 약탈만큼 쏠쏠한 재미도 없다.

물론 능력이 돼야 재미를 보지 능력 없이 덤볐다간 그 자리에서 피떡이 되어 영영 일어나지 못한다.

식량과 생필품은 조직을 운영하는 데 중요한 요소다.

이는 합법적인 조직인 정부에게나 불법적인 조직인 무법자들에게나 마찬가지다.

끼이이익.

전방에 농기계가 도로를 막고 서 있자 선두의 호위 차량이 멈췄다.

그 뒤를 이어 수송 차량도 일제히 정지했다.

상황을 알아보기 위해 군인들이 호위 차량에서 내리는 순간이었다.

매복한 무법자들이 그들을 향해 일제히 사격을 가했다.

놈들의 총구에선 쉴 새 없이 불꽃이 터졌다.

타타타타타타.

호위 차량에서 놈들을 향해 대응사격을 했다.

하지만 호위 차량의 대응 사격은 한 남자에 의해 모조리 차단당했다.

"스, 스킬러다!"

놀랍게도 무법자 무리에는 스킬러도 다수 포함되어 있었다.

이들이 공격에 적극 가담하자 호위대의 전열은 순식간에 와해되고 말았다.

지속 시간 1분. 횟수로는 고작 1회가 전부인 스킬러지만 이처럼 상대를 한곳에 몰아넣은 상태의 단기전에선 최강의 면모를 보여준다.

"으아아아악!"

"공격!"

"막아! 탕탕탕!"

"본부에 지원 요청… 크악!"

"통신이 안 됩니다. 으악!"

무법자들은 사방에서 수송대에게 들이쳐 이들을 무력화시 켰다.

"하, 항복! 항복합니다!"

"사, 살려주세요!"

수송 차량에 탑승해 있던 김 이병과 운전사 장 씨는 일찌감 치 저항을 포기했기에 부상 없이 포로가 될 수 있었다.

이들은 바닥에 무릎을 꿇고 깍지 낀 손을 뒤통수에 가져간 자세로 놈들의 선처를 간절히 바라였다.

무법자들은 살아남은 모두를 이들과 동일한 자세로 줄줄 이 앉혀놓았다.

그중 부상이 심한 자들은 건물 뒤로 끌고 가 총살했다.

탕탕탕탕.

"컥!"

"제, 제발… 안 돼. 으악!"

"아악!"

놈들의 잔인함에 포로가 된 이들 모두가 벌벌 떨었다.

포로들의 몸과 마음은 더욱더 움츠러들었다.

열기가 남아 있는 놈들의 총구가 자신들을 겨냥하고 있었기 때문이다.

고분고분하면 혹시 살 수 있지 않을까? 다들 여기에 티끌만 한 기대를 걸었다.

삽시간에 목적을 달성한 무법자들은 수송 차량 다섯 대를 골라 그곳에다 모든 차량의 물품을 실어 나르도록 포로들에게 강요했다.

척.

화르륵.

무법자의 리더가 담배에 불을 붙였다.

놈은 만족스러운 표정으로 폐부 깊숙이 빨아들인 담배 연기를 전방으로 넓게 불어냈다.

"이십 분이면 정리 끝납니다, 리더. 헤헤."

"그래? 난 저쪽에 있을 테니까 끝내고 보고해라."

피와 시체.

무법자들의 리더는 이를 좋아하지 않았다.

부하들이 많아 티 내지 않고 있었을 뿐이다.

"옙! 쉬십시오. 헤헤."

"새끼, 딸랑대는 거 하난 타고났다니까."

리더는 피비린내와 화약 냄새가 진동하는 곳에서 떨어진 버스 승강장으로 도망치듯 걸음을 옮겼다.

그곳에 도착하니 그제야 녀석은 제대로 숨을 쉴 수 있었다.

녀석은 새가 날개를 펴듯 양팔을 활짝 펼쳐 벤치 등받이에 척 걸친 뒤 고개를 뒤로 젖히고 눈을 감았다.

멀리서 보면 근사해 보인다.

그때 누군가 리더의 휴식을 방해했다.

그것도 주눅 든 기색은 전혀 찾아볼 수 없는 모습으로.

흠칫!

리더는 자신의 옆구리를 푹 찔러오는 단단한 이물질에 깜짝 놀라 눈을 떴다.

옆으로 고개를 돌린 리더의 얼굴이 잔뜩 경직된다.

불청객이 먼저 말한다.

"나와 대화 좀 나눠야겠다."

"누… 헉! 네놈은 선우 현… 성! 왜 여기에?"

"나를 아는군."

"모, 몰라. 내가 널 어떻게 알아?"

리더의 얼굴은 꺼림칙함으로 가득했다.

녀석은 평상시처럼 수하들이 자신을 찾아오길 기다렸다.

하지만 그럴 기미가 전혀 없었다.

자신을 귀찮게 한다는 이유로 수하 몇몇을 개 패듯이 패버린 일이 있었다.

그때부터 자신의 휴식을 방해하는 수하는 사라졌다.

이를 떠올린 리더의 얼굴이 휴지 조각처럼 구겨진다.

'젠장, 이놈의 아지트가 이 마을이었을 줄이야.'

리더는 현성에 대해 잘 안다.

그래서 이 순간이 더 두렵고 떨렸다.

"나는 널 봤어. 네 얼굴을 똑똑히 기억한다는 소리지. 허튼 소리로 날 기만하려 든다면 이 자리에서 넌 두 번 다시 일어서지 못할 것이다."

현성의 협박은 효과적이었다.

리더의 이름은 상도. 성은 경이었다.

합쳐서 경상도. 특이한 그 이름 탓에 어린 시절 놀림을 많이 받았던 그는 이름에 대해 한이 있었다.

참고로 그의 고향은 전라남도 순천이다.

"아… 지금 생각해 보니까 알, 알아."

무리의 리더치고 놈은 가볍고 경솔하다. 이것이 상도와 처음 대면한 현성의 판단이었다.

"쉽게 갈 수 있겠군."

"뭘?"

"묻는 말에 대답만 해. 시끄러운 놈들과 하루 종일 있다 보니 짜증이 잔뜩 오른 상태니까."

현성의 머리칼 사이에 끼어 있던 닭 털 하나가 살랑대며 두 사람 앞으로 떨어진다.

"······?"

"······!"

목숨의 위협을 받는 남자, 경상도.

목숨을 위협하는 남자, 선우현성.

그리고 끼어든 닭 털 하나.

긴장감이 순간 팍팍 줄어든다.

그렇다고 이 상황에 흔들릴 현성도 아니다.

곧 현성은 진지한 분위기를 끌어올린다.

"자매를 납치하라는 지시를 내린 자의 이름."

"난 남자다! 배신은 하지 않아."

"죽는다."

"유, 유오찬."

경상도는 오만상을 찌푸리며 괴로워했다.

그 모습은 마치 고문을 버티고 버티다 마지막 순간 실수로 토설한 자의 안타까운 표정 같았다.

고문의 고 자도 받지 않은 주제에 표현력이 참 리얼하다.

현성은 순간적으로 황당함을 느꼈다.

인간 자판기도 아니고.

"현명하군."

현성의 포커페이스는 여기서 무너지지 않았다.

무뚝뚝하고 진지한 음성 역시 흔들리지 않는다.

"유오찬 어디에 있지?"

"내가 말해줄 것 같은가!"

"죽는다."

"…몰라, 정말."

"너."

"……?"

"하나로 통일해라. 한 번 물을 때 즉시 대답해. 열 받게 하지 말고."

"정말 난 오찬 형님에 대해 아는 게 없어. 그냥 지시가 내려오면 받고 그래. 연락처도 몰라. 믿어줘."

경상도는 자신의 지난 일들을 떠올렸다.

자신에게 반하는 자들, 혹은 말을 듣지 않는 자들에 대한 처분에 대해서.

그중 묻는 말에 만족할 만한 대답을 하지 않는 자들에 대해서 그는 더욱더 혹독하게 손을 썼다.

물론 자신의 손을 더럽히는 경우는 거의 없었다.

주위에 널린 게 그 방면으로 재능을 가진 수하들이다.

직접 손을 대는 경우는 상대가 젊고 예쁜 여자일 때 정도다.

그것도 기껏해야 뺨 몇 대 치는 게 고작이다.

예쁜 여자는 무조건 보호해야 한다! 이것이 녀석의 유일한 철학이요, 신념이다.

진실을 식별할 수 있는 눈이 있다면 참 편할 텐데.

하지만 경상도 앞에서는 굳이 진실의 눈 따위가 필요치 않았다.

현성은 녀석이 오직 진실만을 말하는 것을 느낄 수 있었다.

'이 녀석… 순 깡통이군.'

무리의 리더. 그래서 뭔가 깊은 정보를 얻을 수 있지 않을까 내내 기회를 엿보았다.

그리고 놈이 무리에서 떨어지자마자 냉큼 물었더니(?) 털만 있지 살이라곤 눈곱만큼도 없다.

실망감에 말문이 막힌다.

*   *   *

"야, 거기 군바리. 그래, 너, 너 말이다. 튀어와, 새꺄!"

무법자들의 눈치를 살피며 짐을 나르던 김 이병은 누군가 자신을 부르자 덜컥 겁이 났다.

앞서 놈들이 부상자들을 어찌 처리하는지 보았기에 더더욱 무서웠다.

혹시 자신이 저놈 눈 밖에 나는 짓이라도 했나? 그래서 머리에 구멍을 내려는 걸까?

덜덜덜.

김 이병은 애원하는 표정으로 자신을 부른 남자에게로 걸어갔다.

"부, 부르셨습니까?"

"불렀으니 왔잖아. 새끼, 누가 너 잡아먹는대? 너 저기 계신 리더… 어? 옆에 누구지?"

자칭 무장 폭주족의 2인자 원도. 놈은 무리의 리더인 경상도처럼 성과 이름을 붙이면 특별해진다.

놈의 성은 강. 합치면 강원도.

놈은 특이한 자신의 이름 때문에 경상도에게 인정받아 2인자가 됐다.

강원도는 고개를 갸웃거렸다.

'리더 옆에 저리 편하게 앉을 놈은 없는데? 뭐지, 저 새낀.'

무리의 넘버 투인 자신도 쩔쩔매는 남자가 경상도다. 그런데 그런 리더 옆에 편안하게 앉아 담소를 나누다니! 더욱이 자신은 지시를 내리느라 이리 고생하는데.

빠드득.

'감히 내 자리를 넘본다 이거지. 오냐, 내 네놈의 뼈마디를 고무줄처럼 늘여서 갖고 놀아주마.'

질투에 눈이 먼 강원도. 하지만 지금은 보고가 우선이다.

"저기 가서 짐 다 옮겨 실어간다고 전해라."

"제, 제가 말입니까?"

김 이병은 앞서 경상도가 사람들을 어찌 다루는지 똑똑히 보았다.

사람을 얼려서 터뜨려 버리던 위력과 잔인함을 본 터라 경상도의 그림자만 봐도 오금이 저렸다.

그런데 그런 악마에게 제 발로 찾아가라니 김 이병의 머릿속이 아득해진다.

하지만 어쩌랴.

까라면 까야 하는 인질의 처지인 것을. 그러고 보면 군인과 인질의 처지가 참 비슷비슷하다.

'시팔, 이게 뭔 편한 보직이야! 제기랄.'

우물쭈물하는 김 이병을 보고 원도가 벌컥 화를 냈다.

"이 새끼가… 빨리 안 튀어가!"

"충성! 아… 가, 갑니다. 가지 말입니다."

죽을상을 한 채 억지 걸음을 떼던 김 이병은 경상도와 나란히 앉은 남자를 보게 되었다.

지위가 경상도와 동급이 아니고서야 어찌 저리 다정한 모습으로 나란히 앉아 있을 수 있겠는가.

김 이병의 눈엔 두 사람이 다정해 보인다.

그러다 하나의 의문점이 김 이병을 혼란스럽게 했다.

경상도 옆에 앉아 있는 남자의 얼굴이 상당히 눈에 익었기 때문이다.

마침 현성 역시 김 이병을 쳐다봤다.

김 이병이 그를 낯익어 하듯 현성도 그러했다.

경상도는 현성이 한눈을 팔자 그 틈에 달아나려고 시동을 걸었다.

물론 이를 놓칠 현성이 아니다.

"머리통 날아가고 싶지 않으면 얌전히 있어."

나직한 현성의 경고에 경상도는 크게 움찔한 뒤 고개를 푹 숙였다.

목숨을 위협받자 놀랍도록 순종적으로 변하는 경상도다.

"저, 저기… 짐 다 옮겼다고 전하라던데요."

김 이병은 보고를 경상도에게 했지만 그 시선은 현성을 훔쳐보기 바빴다.

"아, 알았다고 전해."

현성이 옆구리를 쿡 찌르자 경상도는 마지못해 대답했다.

놈의 눈빛은 자신이 인질이 되었다고 전해달라는 간절함을 담고 있었다.

하지만 김 이병은 놈의 그런 눈빛을 보지 못했다.

오직 현성을 훔쳐보기에 바빴기 때문이다.

"예, 그렇게 전하겠습니다."

김 이병이 막 몸을 돌린다.

그러다 곧 발걸음을 멈추더니 놀란 표정으로 현성을 돌아보았다.

"너… 넌, 선우현성!"

현성의 몽타주는 전국에 송출되어 관공서와 부대마다 하나씩 비치되어 있었다.

그러니 김 이병이 그를 알아보는 건 이상한 일이 아니다.

문제는 현성의 반응이다.

"압구정 그 날라리로군."

집안이 유복한 김 이병은 한때 알아주던 압구정 날라리로 현성과는 전혀 다른 삶을 살던 자였다.

두 사람의 인연은 압구정 한복판에서 문수파와 아귀파의 패싸움이 있었던 날로 거슬러 올라간다.

평행선이던 두 사람의 삶이 살짝 겹쳐진 순간이었다.

구겨진 십만 원짜리를 던지며 그에게 자리를 요구했던, 그 오만 방자한 날라리가 바로 여기 서 있는 김 이병이었다.

쿠우웅!

덜덜덜.

'저 시키가 무법자들과 한통속이었구나! 시바… 죽었구나!'

김 이병은 눈앞이 깜깜해지고 다리에 힘이 쫙 풀렸다.

원수는 외나무다리에서 만난다고 했던가.

털썩.

살고 보자. 개똥에서 굴러도 이승이 좋다 하지 않던가.

김 이병은 무릎을 꿇고 현성에게 애걸복걸했다.

한편 강원도는 그렇지 않아도 이쪽에 신경 쓰고 있었는데, 김 이병의 태도가 그의 질투심에 불을 제대로 붙였다.

녀석이 리더인 경상도에게 무릎을 꿇고 애걸복걸하는 것이라면 그나마 참아줄 수 있다.

하지만 자신의 자리, 넘버 투를 넘보는 놈에게 저리 애걸복걸하는 모습을 보니 도저히 참을 수 없었다.

일단 상대가 누군지 확인은 해야 할 것 같아 강원도는 분기를 애써 누르며 이쪽으로 걸어오고 있었다.

겁쟁이 김 이병으로 인해 산통이 깨진 현성은 눈살을 크게 찌푸렸다.

반면 경상도는 내심 쾌재를 불렀다.

'저 군바리 새끼. 넌 내가 살려준다. 무조건!'

"살려주십시오! 그땐 제가 철딱서니가 없어서 현성 님을 몰라뵈었습니다. 제발 죽이지만 마십시오. 흑흑."

김 이병의 입에서 현성의 이름이 튀어나오자 이들을 향해 걸어오던 강원도는 흠칫 놀라 우뚝 멈추었다.

아주 짧은 순간 김 이병을 제외한 세 사람 사이에 찌릿한 정적이 흐른다.

파팟.

강원도가 번개 같은 속도로 바닥을 향해 있던 기관단총의 총구를 현성에게 겨누며 소리를 질렀다.

"적이다!"

조용히 일을 처리하려 했던 현성의 계획은 전직 압구정 날라리 김 이병으로 인해 무산되고 말았다.

하아.

현성의 입에서 한숨이 새어 나온다.

"어딜 달아나."

옆으로 몸을 날리려던 경상도의 뒷덜미를 움켜잡은 현성은 놈을 자신의 방패막이로 삼았다.

이곳의 소란을 들은 무법자 중 일부가 이곳으로 뛰어왔다.

어둠이 내린 조용한 시골 버스 정류장엔 흉흉한 전운이 감돈다.

그 사이에 선 김 이병!

고래 싸움에 끼인 새우가 되어 바지에 실례를 저지르고 있었다.

'어무이~'

그러나 이보다 더 비참한 것은 누구도 녀석에게 관심을 보이지 않는다는 것이다.

"움직이지 마라! 리더, 괜찮으십니까? 너, 이 새끼. 리더 솜털 하나라도 다치게 했다간 다진 고기로 만들어주고 말 테다! 내 말 똑똑히 알아들었어?"

강원도는 경상도를 구출하여 모두에게 인정받는 무리의 넘버 투가 되리라 단단히 벼르고 있었다.

의욕이 앞선 강원도의 목소리는 그래서 하늘 높은 줄 모르고 올라간다.

현성의 권총은 경상도의 뒤통수에 달라붙어 있다.

목숨이 저당 잡힌 당사자 경상도는 강원도가 너무 설레발 친다며 속으로 욕설을 퍼부어댔다.

좋은 말로 달래도 모자랄 판국에 협박이라니.

'저 개자식이 나 죽으라고 제사상을 차리는구나. 차려!'

경상도의 울컥한 심정이 그 얼굴에 우악스러운 표정으로 여실히 드러났다.

원도가 흥분을 가라앉히고 차분하게 상황을 살폈더라면 상도의 이러한 표정을 절대 놓치지 않았을 것이다.

"다들 총구 내려!"

원도에게 일을 맡겼다간 내일의 태양을 보기 힘들다고 판단한 상도는 최대한 차분한 태도로 직접 문제 해결에 나섰다.

목마른 자가 우물 파는 마음이다.

현성은 무법자들의 총구에 둘러싸여 있었다.

혹시라도 인질인 경상도를 놓친다면 순식간에 너덜너덜한 걸레가 될 것이다.

하지만 현성의 태도는 지극히 차분하기만 했다.

이 점이 경상도에겐 큰 두려움으로 작용하고 있었다.

차분한 자는 실수가 적다.

"경상도."

현성의 나직한 부름에 경상도는 흠칫했다.

협상의 주도권을 쥐기 위해 현성이 자신의 몸에다 총알을 박아 넣을 수 있다. 죽지는 않겠지만 무지 아플 것이다.

경상도는 티끌만큼도 다치기 싫었다.

아픈 건 더더욱 싫다.

마음이 조급해진 경상도.

"혀, 협상을 하자. 네가 날 쏘면 내 부하도 널 쏠 것이다. 그러니까… 좋게, 좋게 타협점을 찾아보자고."

"삼 분 안에 끝내라."

"고, 고마워."

인질이 인질범에게 할 소리는 아니다.

하지만 어쩌랴. 급한 건 인질이 된 경상도인 것을.

"모두 총 내려!"

두 눈에 핏발을 곤두세우며 경상도가 소리를 질렀다.

서로 눈치를 살피던 무법자들이 하나둘 총을 바닥에 내려 놓았다.

이를 확인한 현성이 경상도에게 말했다.

"포로들 석방해."

현성의 요구가 과하면 어쩌나 내심 긴장하고 있었던 경상도는 그의 요구 조건이 생각보다 약소하여 어리둥절해지고 말았다.

바닥에 납작 엎드린 채 벌벌 떨던 김 이병은 현성의 말에 귀가 번쩍하고 뚫리는 기분이었다.

용기를 박박 긁어낸 김 이병은 바닥에 심은 고개를 들어 현성을 보았다.

성인(聖人)에게서나 볼 수 있는 신비의 후광. 김 이병은 현성에게서 이를 보았다.

하긴 제 목숨 살려주는 사람인데 어딘들 취직시키지 못할까.

성인이면 어떻고, 구세주면 어떻고, 신으로 추앙해도 뭐 어떤가.

살려준다는데 그거면 족하다.

과거의 사소한 악연으로 자신을 해코지하면 어쩌나 내심
벌벌 떨었던 김 이병은 현성의 대범함에 순간 눈물이 왈칵 치
밀었다.

'저 시키… 진정한 상남자였어.'

＊　　　＊　　　＊

부르르릉.

무법자들은 자신들이 탈취한 물품이 실린 트럭과 함께 사
라지고 있었다.

놈들에게 저 물품까지 놓아두라 했다면 일은 이처럼 쉽게
끝나지 않았으리라.

이를 감안했기에 현성은 물품까지 빼앗을 수 없었다.

현성은 여전히 무법자의 리더인 경상도를 인질로 잡고 있
었다.

그리고 이들의 뒤로 석방된 인질들은 감동의 눈물을 흘리
며 현성의 듬직한 등짝을 바라보았다.

흉흉한 소문과 언론 보도와 달리 현성이 보여준 태도는…
뭐랄까? 불의한 세상과 맞서다 쫓기게 된 정의로운 도망자처
럼 느껴졌다.

"야, 약속을 이행했으니 날 풀어줘."

부하들 앞에서 큰소리치며 먼저 가라고 했지만 막상 부하들을 떠나보내고 홀로 남으니 두려움이 점점 커지는 상도였다.

녀석도 스킬러였으나 앞서 능력을 발휘했기에 지금은 민간인과 다름없다.

처분을 기다리는 자의 시간은 매우 더딘 법.

"거기, 십만 원."

현성은 경상도의 요구를 묵살한 채 초롱초롱한 눈빛으로 자신을 바라보는 김 이병을 불렀다.

"혀, 현성 님, 전에 일은 정말 잘못했습니다. 제가 그땐 철이 없어서. 정말 죽을죄를 지었습니다. 이런 분이신 줄 모르고. 크흑!"

김 이병의 회개 따위 현성에겐 티끌보다 가치가 없다.

그래도 아는 놈이다 보니 만만해서 불렀을 뿐이다.

"사람들 데리고 여길 떠나라. 놈들이 다시 올지 모르니까."

"현성 님은요?"

현성이 눈살을 가볍게 찌푸리며 말했다.

"내가 알아서 할 일이다. 가라."

김 이병은 저 정의로운 사내와 함께 불의와 맞서 싸우는 영웅이 되는 로망을 잠깐 꿈꿨었다.

하지만 영웅의 삶은 지독한 가시밭길이기에 곧 그 로망을 접었다.

그래도 넙죽 저 제안을 받고 가기에는 사나이의 체면이 있어 잠시 주저한다. 물론 잠깐이다.

발걸음을 돌리던 김 이병이 걸음을 멈추었다.

뭔가 한마디 하지 않으면 안 될 것 같은 기분이 들어서였다.

"감사합니다, 현성 님. 이 은혜 절대 잊지 않겠습니다."

그리고 녀석의 뒤를 이어 사람들도 그에게 감사의 인사를 남기곤 남은 차량을 이용해 부대로 돌아갔다.

모두가 떠난 자리.

'외상값은 갚았군.'

그간 정부 물류 창고에서 임의로 가져다 쓴 물품 값이라 치고 저들을 구출해 보냈다.

앞으론 부담 없이 정부 물류 창고를 이용하리라.

공짜를 참으로 싫어하는 현성이다.

휘이이이잉.

겨울 밤바람. 몹시 차갑다.

"유오찬에게 내 말을 전해라."

"무슨?"

"잘 이기는 자는 잘 싸우지 않는다, 라고 말이다. 이 말뜻을 그가 알아듣는다면 좋고 알아듣지 못하더라도… 상관없다. 꺼져."

현성은 경상도의 머리통에 대고 있던 총구를 그제야 거두었다.

그러곤 짐을 놓아둔 농가를 향해 저벅저벅 걸어 올라간다.

"저, 정말 이대로 가도 되, 되냐?"

혹시라도 달아나는 자신을 향해 총을 쏘지 않을까 우려한 경상도는 이를 확인하고자 그에게 소리쳤다.

가던 걸음을 멈춘 현성은 바람에 제 목소리를 실어 보낸다.

"나 같으면… 네 수하들을 쫓아가지 않을 것이다."

"뭐? 그게 무슨 말이냐?"

"경찰에 신고했어, 널 붙잡기 전에."

투철한 신고 정신!

"뭐!"

경상도는 황당한 표정으로 총총걸음으로 사라지는 현성을 보다가 황급히 오토바이에 올라 시동을 걸었다.

녀석은 잠시 갈등하더니 곧 핸들을 돌렸다.

수하들과 반대 방향이다.

부아아아아앙!

제20장

정의로운 도망자

인류는 잇따른 재앙으로 큰 몸살을 앓고 있었다.

강진의 피해, 무법자의 난립, 식량과 에너지난에 이어 몬스터 후이넘의 침공까지 고난의 연속이다.

이 사태를 해결하기 위해 세계의 중심으로 우뚝 선 로마로 각국의 특사들이 모여 해결 방안을 논의했다.

발언권이 높아진 로마 교황은 국제 후이넘 타격대의 조직을 이 회의에서 제안했다.

공간 이동 능력자들이 있으니 시간과 공간의 제약 따위는 이미 허물어졌다.

교황의 주장은 그래서 힘을 얻을 수 있었다.

"신의 뜻에 위배된 존재의 소멸. 난 타격대의 이름을 성혼기사단이라 부르고 싶습니다."

종교적인 색채가 강한 조직명이며 또한 기존에 있던 명칭이다.

특정 종교를 국교처럼 믿고 있는 국가의 특사들은 이를 반대했다.

하나 어쩌랴. 다수의 특사가 이를 찬성하는 데다 광검 기술과 다수의 광검 스킬러를 로마는 이미 보유하고 있었다.

성혼기사단이란 이름 아래 모인 그들. 그런데 특이한 것은 성혼기사단에 속한 스킬러들의 피부색과 국적이 다양하다는 점이다.

스킬러가 처음 등장했을 때 이들을 배척하던 국가들이 있었다.

자신과 가족의 안전을 고려한 많은 수의 스킬러가 조국을 등졌다.

그렇게 이민이나 망명을 떠난 스킬러 중 일부를 로마교황청이 포섭하여 가족과 함께 빼돌렸다.

이렇게 빼돌린 자들이 지금은 성혼기사단의 기사로 봉직하고 있었다.

성혼기사단의 숫자와 전력은 교황청 내에서도 아는 자들

이 극히 드물었다.

후이넘 2차 침공 당시 완벽하게 놈들을 타격한 곳은 오직 이곳, 세계의 수도이자 가톨릭의 성지인 로마뿐이었다.

교황청이 주장한 대로 후이넘 국제 타격대 창설은 통과됐다.

이곳의 수장은 교황이 맡게 되었다.

이는 늙은 호랑이가 회춘하여 날개를 단 격이었다.

각국은 자국의 공간 이동 스킬러를 선발하여 이들을 성혼 기사단에 배치하기로 합의했다.

또한 이들이 사용할 물자도 최우선 지원하기로 결정 내렸다.

물론 무분별한 요청을 막기 위해서 각국의 스킬러—광검을 익힌—들이 놈들을 막지 못하는 상황에서란 단서 조항이 붙었다.

이 외에도 인류의 번영을 위한 여러 안건이 이 회의에서 통과됐다.

후이넘을 향한 인류의 본격적인 대응 전략이 이로써 수립되었다.

그러나 결의안의 내실을 따져보면 자원 강국과 자원 빈국, 그리고 양질의 스킬러를 보유한 국가와 그렇지 못한 국가에 대한 노골적인 차별이 존재했다.

자원 빈국에다 자국의 스킬러를 초반에 대거 국외로 내보
냈던 대한민국은 이번 회의에서 득보단 실이 컸다.

*　　　　*　　　　*

한때 대중의 뜨거운 관심을 받는 인물이었다가 돌연 만인
의 지탄을 받았던 한 남자의 이야기가 재조명되고 있었다.

그 남자의 이름은… 선우현성!

그의 이야기가 재조명된 배경엔 현성 덕분에 살아난 김 이
병과 다수 인질들의 증언이 있었다.

당국은 이 사실을 은폐하려 했다.

하지만 당국의 입김은 김 이병을 비롯한 인질들이 적극적
으로 그날의 사건을 외부에 알리면서 허사로 돌아갔다.

대중의 재조명을 받게 된 현성. 그는 지금…

꼬끼오오오오~!

수탉의 우렁찬 목청이 소백산 깊은 골짜기를 흔들어 깨운
다.

며칠 동안 쉬지 않고 내린 눈 탓에 현성은 밤새 지붕 위의
눈을 치우느라 새벽녘에야 겨우 눈을 붙일 수 있었다.

아연과 희연 역시 밤새 그를 돕느라 늦게 잠이 들었다.

두세 시간은 더 자고 싶은 마음이 다들 굴뚝같다.

하지만 닭대가리들이 일제히 울음을 터뜨리니 자명종이 따로 없다. 그것도 몹시 시끄러운.

스르르.

현성은 잔뜩 찌푸린 얼굴로 일어나 가볍게 몸을 푼 뒤 부엌에서 닭의 모이를 가지고 닭장으로 향했다.

시끄러운 닭장 안에는 벌써 아연이 와 있었다.

"더 자지. 왜 일어났어?"

아연이 따뜻한 달걀이 든 소쿠리를 들고 일어난다.

"오빤 왜 일어났어? 안 피곤해?"

"네가 고생이다."

"고생은 무슨."

현성은 닭을 괜히 갖고 왔나? 하는 생각을 요 며칠 새 부쩍했다.

물론 놈들이 낳은 신선한 달걀을 먹을 때면 간사하게도 그 생각이 싹 사라졌지만.

아연은 자신의 노고를 칭찬해 주는 현성의 말에 맑은 웃음을 지어 보였다.

"내 일 네 일이 어디 있어? 먼저 하는 사람이 임자지. 이제 눈도 다 왔나 보다."

함께 닭장을 나온 현성과 아연은 청명한 얼굴을 드러내는 하늘을 올려다보았다.

가난한 이들에게 있어서 눈은 낭만과는 거리가 먼 자연 재앙에 불과하다.

좁고 가파른 골목은 눈이 쌓인 날이면 오르기도 힘들고 내려가기는 더더욱 힘들다.

하루 벌어 하루 먹고 사는 이들에게 눈길 낙상만큼 무서운 일도 없다.

3월의 눈 덮인 소백산이 여명으로 붉게 빛난다.

그 아름다움에 두 사람은 압도되어 잠시 풍경에 빠져들었다.

삐이걱.

부스스한 모습의 희연이 기지개를 켜며 마당으로 나오다 남녀를 물끄러미 본다.

"일어났어?"

무뚝뚝하지만 걱정의 마음이 담긴 현성의 말.

"좀 더 자지 않고."

어머니의 마음이 담긴 따뜻한 아연의 염려.

두 사람의 관심에 희연은 아침이, 아니, 산속 생활이 그리 나쁘지만은 않다고 생각했다.

그렇다고 이곳에서의 생활이 마냥 행복하고 좋은 것만은 아니다.

또래 없이 보내는 고즈넉하고 반복적인 일상은 십오 세, 아니, 한 해가 지났으니 십육 세가 된 소녀에겐 다소 지루한 감이 없지 않다.

그래도 이를 내색하지 않았다.

서로에 대한 배려와 현실에 대한 인식이 바로 서 있었기에.

"다 잤어. 정 잠 오면 낮에 자도 되고."

세 사람은 나란히 여명을 맞이한다.

저 밖의 세계에서도 지금의 저 여명 아래 힘찬 하루가 시작될 것이다.

희연의 두 눈에는 그리움이 피어오르고, 아연의 얼굴에는 고즈넉한 산속 생활에서의 안정감을 만끽하는 자의 여유로움이 보인다.

한 배 속에서 나왔지만 그 기질이 사뭇 다른 두 사람이다.

"난 아침밥 준비할게."

달걀 소쿠리를 안은 아연이 집 안으로 들어갔다.

희연은 가볍게 몸을 풀다 창고로 들어가려는 현성을 빤히 응시하고는 할 말이 있는지 한달음에 쫓아왔다.

"왜?"

현성은 자신을 빤히 쳐다보는 희연을 바라보며 고개를 갸웃했다.

"저기, 바깥 사정은 어때?"

"여전히 어수선해."

"그렇구나."

가끔 현성이 외출을 하고 돌아올 때마다 희연은 그에게서 밝고 긍정적인 소식을 기대했다.

그러나 매번 그녀의 기대는 무너져 풀이 죽고 말았다.

지금처럼.

"심심해?"

"심심할 틈이 어디 있어. 사격 연습에다 무술 연마, 그리고 그 이상한 수련에다 집안 살림까지… 매일이 새로워."

마지막을 유머로 장식한 희연의 어른스러움에 대한 포상으로 현성은 맞장구쳤다.

흔치 않은 일이다.

"집안 살림은 아연이가 다 하던데."

"칫, 나도 해."

농담도 상대가 인정해야 성립되는 것이다.

희연은 현성의 농담을 진정으로 진지하게 받아들였다.

현성의 농담은 그래서 대실패로 막을 내렸다.

"그렇구나."

현성은 실패에 낙담하는 그런 인간이 결코 아니다.

'다음에 잘해야지.' 라는 도전 정신도 없다.

그렇게 그는 자신의 실패를 무감각하게 넘겨 버린다.

"뭐야? 영혼 없는 그 퍽퍽한 멘트는? 설마 내가 언니를 부려먹는다는… 뭐, 그런 뜻이야? 나도 열심히 한다고!"

"난 아무 생각도 안 했는데."

"칫, 기분 나빠."

"미안하군."

"됐어. 나 들어갈 거야."

"그래."

내심 현성이 말을 더 붙여주기를 바랐던 희연은 끝끝내 그
가 붙잡지 않자 더욱 삐쳐 버렸다.

쾅.

'문짝 떨어질라.'

소녀의 변덕스러운 마음보단 문짝이 더 걱정스러운 현성
이다.

창고에서 삽을 가져온 현성은 눈을 치웠다.

펙펙펙.

순백의 아름다운 눈. 누군가에게 이것은 귀찮은 일거리다.

하지만 집 안에서 솔솔 풍겨 나오는 김치찌개 냄새를 맡자
귀찮음은 곧 기대감으로 바뀌었다.

'아연이가 요리는 참 잘해.'

삽질을 멈춘 현성이 더욱더 밝아진 하늘을 본다.

기대감을 내비치던 그의 눈빛은 곧 단단한 화강암처럼 변
했다.

무법자의 배후에 유오찬이 있다.

놈에게 경고를 했지만 그 경고가 먹히지는 않으리라.

산속 생활에 만족감을 느끼는 자신과 달리 자매는 아직 세상을 경험하고 싶은 마음이 더 크리라.

이들을 위해서라도 가장 위험한 요소는 제거해야 한다.

"정보가… 필요해."

＊　　　＊　　　＊

전국적으로 활동하는 무법자들의 현황 파악과 섬멸을 위해 정부는 스킬러를 주축으로 한 특수 기동대를 조직했다.

정부의 이 같은 결정은 무법자들을 더 이상 용납하지 않겠다는 결연한 의지의 천명이었다.

무법자 근절? 글쎄다.

특수국 본부 옥상.

차민연은 파트너 유승진과 함께 옥상에 올라와 있었다.

옥상에서 바라본 도심은 재건과 복구의 열풍이 거세게 불고 있었다.

사람들은 움츠러들었던 몸과 마음을 다잡고 근면 성실하게 맡은 일에 최선을 다했다.

한민족의 특성 중 하나가 위기 상황에서의 놀라운 결집력이다.

그 결집력이 다시 한 번 내일의 대한민국 건설을 위해 활활 불타오르고 있었다.

발돋움하려는 사람들의 이러한 움직임. 이를 지켜주기 위해서라도 무법자는 반드시 뿌리 뽑아야 할 사회악이었다.

그 악으로부터 평범한 사람들을 지켜주는 일이야말로 자신과 같이 특별한 힘을 지닌 스킬러들이 가야 할 방향이다.

민연은 그렇게 생각했다.

"두려움을 극복해 나가는 사람들의 모습이 참 아름다워요."

"역시 사람은 희망을 품고 살아가야 하나 봅니다. 제가 아는 사람들의 얼굴에도 점점 화색이 돌더라고요."

"그러자면 사회를 좀먹는 기생충들을 박멸해야겠죠."

무법자 놈들은 부녀자 납치, 강간, 살인, 약탈, 마약 판매, 인신매매, 학살 등을 전국에서 일삼고 다녔다.

사회를 좀먹는 최악의 기생충이었다.

그들 역시 이 나라의 국민이자 아들딸일진대 어찌하여 그와 같은 천인공노할 만행을 자행하는지. 무슨 영화를 보겠다고 그리들 사는지.

"민연 씨는 날이 갈수록 더 단단해지시는 것 같습니다."

"저 하나만 그리된다고 되겠어요. 모두가 강해져야죠. 그 래야 내일을 꿈꿀 수 있는 시대잖아요."

올바른 정신의 민연을 향한 승진의 마음이 더욱더 커진다.

승진은 민연을 지키기 위해서라면 그게 어떤 일이든 주저하지 않겠노라 굳게 다짐했다.

"멋지십니다, 민연 씨. 하하."

"쑥스럽네요. 참, 경상도란 그자는 무슨 저의로 국내에 밀입국해서 그런 엄청난 일들을 저지르고 다니는 걸까요?"

인천 외곽 지역에서 수송 차량을 공격했던 무법자의 리더 경상도. 이자는 전날 가족들과 함께 이민을 떠난 스킬러라는 것이 확인됐다.

그날 현성의 투철한 신고 정신 덕분에 물자를 탈취한 놈들은 모두 체포됐다.

하지만 안타깝게도 그 틈에 섞여 있던 스킬러는 모두 달아났다.

"회의에서 언급된 것처럼 놈들을 배후에서 조종하는 세력이 있는 게 아니겠습니까? 놈들의 그간 행적을 살펴보면 노골적으로 불신과 공포를 조장하려는, 국익을 해치려는 일들뿐이었으니까요. 뭐, 그놈 덕택에 현성에 대한 여론이 긍정적으로 변하고 있는 건 그나마 불행 중 다행이죠."

귀환한 인질들의 인터뷰. 그 일을 계기로 현성에 대한 사건

재수사 요구가 물결처럼 일어나고 있었다.

불안한 시대일수록 사람들은 자신이 믿고 의지할 만한 정신적인 버팀목, 영웅의 출현을 간절히 원한다.

만약 현성에게 씌워진 혐의가 사라진다면 그에 대한 대중의 열광은 폭발적일 것이다.

이는 심리학자들의 견해이기도 했다.

"현성 씨가 자매의 행방을 밝힌다면 일이 지금처럼 꼬이지는 않았을 텐데. 생각할수록 몹시 안타까워요."

"자매의 안전을 고려한 게 아니겠습니까? 자매의 아버지란 사람 완전 인간 이하잖아요. 그 외에도 자매를 노리는 놈들이 있구요."

"하지만 방법이 잘못되었다고 봐요. 합법적으로 자매를 보호할 방법도 얼마든지 찾을 수 있잖아요."

민연은 답답하다는 듯 이리 말한다.

"두 발 달린 짐승이 어딘들 못 가겠습니까. 당장은 자매와 그 아버지를 떼어놓더라도 친부란 명복으로 자매를 이전처럼 괴롭힐 수도 있지 않겠습니까?"

"승진 씨는 언제 변호사가 됐나요?"

"예? 그게 무슨."

"지금 현성 씨를 변호하고 있잖아요."

"하하, 그야… 제가 현성이를 욕하면 민연 씨가 절 싫어하실 테니 어쩌겠습니까? 이렇게라도 점수를 따야죠."

승진이 능청을 떤다.

그래서 민연은 그의 말이 일상의 가벼운 농담이라 여겼다.

아니, 그의 마음을 알아차렸지만 모른 척 외면했다.

때론 피해야 할 진실이 있기 때문이다.

남은 커피를 입에 털어 넣고 몸을 돌린 민연을 따라가던 승진이 그녀를 힐끔 보며 말했다.

"민연 씨."

"예?"

"이번에 현성이 사건을 터뜨린 기자가 생뚱맞게도 연예부 기자라던데… 혹시 민연 씨와 관련 있는 사람입니까?"

"눈치채셨어요?"

"기사 내용에 우리가 조사한 내용도 다수 포함되어 있더군요."

"미안해요, 승진 씨."

"아, 아뇨. 미안해하실 필요 전혀 없습니다. 대외비도 아닌데요, 뭘. 하하."

승진도 알고 있다.

민연의 마음에 들어찬 남자는 선우현성뿐이란 사실을. 하지만 그는 이에 개의치 않았다.

남녀 관계란 잘되면 좋은 것이요, 잘 안 되면…

훗날 실패한 연애사를 안주 삼아 세상만사를 잊으면 된다.

잘 잊힐지는 모르겠지만.

잠시 승진에게 미안한 표정을 짓던 민연은 핸드폰을 빼 들었다.

지이이이, 징이이잉.

모르는 번호다.

배우 시절엔 이런 전화를 받지 않았을 그녀였지만 지금은…

"여보세요."

"차민연 씨?"

민연은 낙인처럼 귀에 아로새겨진 음성을 듣게 되었다.

온몸에 힘이 쭉 빠진다.

심장이 미친 듯이 쿵쾅거린다.

그리고 세상이 깜깜해진다.

겨우 진정한 민연이 힘겹게 상대의 이름을 불러본다.

"혀, 현성 씨?"

*   *   *

개인적으로 현성은 산속에서의 생활이 만족스러웠다.

큰 힘을 들이지 않고도 외부에서 물자를 언제든 쉽게 가져올 수 있다는 장점이 있었으며 번잡한 인연에 휩쓸리지 않아도 되기 때문이었다.

물론 일상의 편리함만을 논하자면 도시보다 불편함이 월등히 많은 것도 사실이다.

그러나 이러한 차이도 지금은 그리 심하게 나지 않았다.

재앙의 흔적이 도시에서 말끔히 사라진다면 또 모를까.

끼이이익.

차량 한 대가 한강 고수부지 근처의 한적한 공원으로 들어선다.

멈춰 선 차량에서 일남일녀가 주변을 두리번거리며 내렸다.

긴 코트 자락을 나부끼며 한 남자가 이들을 향해 걸어갔다.

코트의 남자를 발견한 남녀의 얼굴에 잠시 경계의 빛이 떠올랐다.

그러다 남자의 얼굴을 확인한 이들의 얼굴에서는 언제 그랬냐는 듯 긴장감이 자취를 감춘다.

"현성아!"

"현성 씨!"

남녀는 승진과 민연이었고 이들에게 다가온 남자는 현성이었다.

하얗던 현성의 피부는 산골 청년처럼 까무잡잡해졌고 몸

은 육체노동으로 예전보다 더 다부졌다.

여기에 검은색 롱 코트와 선글라스란 패션 아이템이 더해지자 액션 영화의 주인공급 포스를 풍겼다.

"오랜만입니다."

"자식아, 연락 좀 하지. 전화번호도 알면서 그간 왜 연락을 안 했어? 너 땜에 마음고생 한 것 생각하면… 흠, 근데 패션이 끝내주네. 크크."

승진에게 현성은 경계 대상 영순위다.

현성이 민연에게 손을 내밀면 그가 점찍은 미래의 피앙세는 언제든 그 손을 잡고 멀리 날아가 버릴 수 있기 때문이다.

겉으론 호탕하게 웃지만 그 속은 불안감에 떨리는 승진이다.

"현성 씨, 전에 일은 사과할게요."

현성이 자신을 돌아보자 민연은 죄책감을 얼굴에 띄우며 말했다.

"전?"

"그때 당신의 속마음을 강제로 알려고 했던 일이요."

"그 일은 잊었습니다."

소외당한 남자 유승진. 그는 주인에게 쫓겨난 강아지처럼 남녀를 바라본다.

끼어들자니 주책 부리는 것 같고 가만히 지켜보자니 속이

미친 듯이 쓰리고 아파온다.

세 사람은 먼지가 방석처럼 쌓인 벤치로 향했다.

승진이 법석을 떨며 벤치를 닦더니 민연에게 자리를 권했다.

"고마워요, 승진 씨."

"뭘요. 하하하, 남자라면 의당 이 정도 매너는 기본이죠."

현성은 민연을 대하는 승진의 태도를 물끄러미 바라보았다.

주인아씨를 모시는 극진한 마당쇠 같다.

'승진이 형도 출세가 목푠가 보군.'

민연의 아버지는 특수국 국장이다.

그러니 그 딸에게 잘 보이는 것은 곧 그녀의 아버지 국장에게 줄을 대는 것이다.

이리 오해한 현성이었다.

그렇다고 승진을 나쁘게 생각하진 않았다.

현성은 민연의 옆자리에 당연하다는 듯 앉았다.

나란히 앉은 남녀를 보니 화보다. 키 180센티미터 이하는 루저라 그랬던가? 승진의 키는 180센티미터에 약간 못 미친다.

겨우 2센티미터가 부족하다.

이러한 승진에 비해 현성은 신장도 그렇고 몸매도 모델 뺨

치는 수준이다.

얼굴이 빠지냐 하면 그것도 아니다.

승진도 냉큼 민연의 옆자리에 앉는다.

너무 붙어 앉은 걸까? 민연이 현성 쪽으로 엉덩이를 이동했다.

승진의 가슴에 대못이 박히는 순간이다.

"현성 씨, 그간 어떻게 지내셨어요?"

"그동안 잘 먹고살았나 보다. 몸 좋아졌네. 그보다 물류 창고 턴 거 너지?"

애틋한 여심의 발로에 과감하게 초를 치는 승진이다.

현성은 부정하지 않았다.

"예."

"걱정 마라. 내가 그 사건 잘 덮었다. 그것 때문에 내가 초코파이 엄청 돌렸어."

승진이 자신의 말을 중간에서 가로채자 민연은 속이 상했다.

이러한 마음을 민연은 행동으로 보여준다.

승진과 거리를 더 두는 민연이다.

현성은 민연이 딱 붙어 앉자 불편한 생각이 들었다.

그렇다고 밀어낼 수도 없고 해서 본론으로 들어갔다.

이런 현성과 달리 승진은 부러움과 외로움을 동시에 느꼈다.

'하아, 되게… 춥다.'

현성은 이들을 찾아온 이유에 대해 밝혔다.

"인천 수송대 약탈 사건 배후에… 유오찬, 그자가 있습니다."

유오찬을 언급할 때의 현성의 눈빛은 몹시 차갑다.

그러나 그것은 매우 짧은 순간이었기에 남녀는 이를 제대로 보지 못했다.

다들 현성이 내놓은 정보에 놀라고 있었기 때문이다.

"유오찬이라고? 그런 이야기는 못 들었는데."

"그 청일 고교 테러범 말인가요? 현성 씨."

현성은 이들을 향해 묵직한 어조로 부탁했다.

"두 분이 절 도와주셨으면 합니다. 아! 그리고…….."

*　　　*　　　*

삐익—!

경상돕니다. 선우현성, 그자를 인천 외곽 국도 변에서 발견했습니다. 그리고 놈이 …(중략)…… 지시를 바랍니다.

자동 응답기에 녹음된 내용을 남자는 몇 번이나 반복해서

들었다.

남자의 눈이 반달 모양이 된다. 그것은 웃음이었다.

남자가 앉아 있는 방 안은 몹시 어두웠다.

방은 일인이 생활하기에 좁지도 넓지도 않았다.

실내에 덩치 큰 가구라고는 목조 침대와 옷장과 그 옆에 나란히 서 있는 삼단 서랍장이 전부다.

그 외에는 남자가 지금 앉아 있는 의자뿐이었다.

구름에 가려진 달님이 고개를 살짝 내민다.

오래된 회반죽 특유의 흔적이 달빛이 닿은 벽에 드러난다.

모든 벽면이 세월의 흔적을 안고 있었다.

또한 전기와 관련된 것들이 이 방 안에는 하나도 없었다.

중세 유럽의 수도원을 보는 듯한 느낌이다.

스으윽.

달빛이 아래에서부터 위로 훑어 올라가며 보이는 남자의 복장도 현대에 보기 힘든 외양이었다.

위로, 위로… 달빛은 어느새 특이한 복장을 한 남자의 얼굴을 비춘다.

그 얼굴은 유오찬이었다.

그리고 좀 더 위로 올라간 달빛은!

붉은 십자가. 선명한 십자가 문신이 유오찬의 미간에 떡하니 자리 잡고 있었다.

그것은 성혼기사단의 표식이다.

가톨릭은 전 세계적으로 교인만 해도 그 수가 10억을 상회한다.

전통과 역사를 자랑하는 초거대 종교는 과거 십자군 전쟁을 일으켰을 만큼의 성세를 오늘날에 와서 빠르게 회복하고 있었다.

그 선봉대가 바로 성혼기사단이다.

그런데 위험한 테러리스트 유오찬이 바로 그들의 일원이란 표식을 갖고 있었다.

스윽.

몸을 일으킨 유오찬은 입가에 비릿한 미소를 머금고는 창밖을 응시한다.

유오찬이 주먹을 쥔다.

그런데 녀석의 주먹 주변으로 신비하게도 황금빛이 뭉쳐져 물결처럼 일렁거리고 있었다.

'잘 이기는 자는 잘 싸우지 않는다고? 후후, 건방진 애송이가 이걸 보고서도 그런 말을 할 수 있을지 궁금하군. 크하하하.'

녀석의 전신으로 자신감이 거대한 뭉게구름처럼 피어오른다.

그리고 그의 손에서 서서히 형태를 갖춰가는 황금빛 뭉치.

그것은 순식간에 길쭉한 검의 형상이 되어 위압감을 떨쳤다.

일 단계 청광검을 시작으로 백광, 은광, 금광을 거쳐 오 단계 적광검에 이르는 단계 중 유오찬은 사 단계인 금광검을 제 손에서 생성시켰다.

로마 회담을 통해 교황청은 광검에 관한 지식 중 일부를 각국의 요청에 못 이겨 제공했다.

각국은 광검의 수련 비법을 원했으나 앞서 파견한 자국의 스킬러들이 이를 익히는 중이라 갑의 입장으로 입지가 커진 교황을 압박할 수 없었다.

* * *

현성은 민연과 승진과 일주일에 한 번씩 만나기로 하고 헤어졌다.

남녀는 현성의 거처를 물었지만 이를 순순히 대답할 현성이 아니었다.

아쉬움을 드러낸 남녀와 헤어진 현성은 정부 물류 창고에 들러 장을 본 뒤 소백산 은신처로 귀환했다.

"아저씨, 그걸 다 어디서 가져오는 거야? 배급표도 없으면서."

다 알면서 매번 희연은 이를 묻는다.

녀석의 짓궂은 질문에 현성은 표정 하나 안 바꾸고 대답한다.

그의 대답도 항상 같다.

"마트."

"내가 부탁한 건?"

희연이 얼굴에 부끄러움을 살짝 드러내며 물었다.

이러한 태도는 정말 보기 힘들다.

"여기."

배낭 위쪽에 고이 모셔둔 물건을 현성은 희연에게 내밀었다.

솔개가 병아리를 낚아채듯 뺏어 든 희연이 연방 어색한 헛기침을 해댔다.

그러곤 눈을 새침하게 뜨며 말한다.

"언니한텐 비밀이야, 아저씨."

"그러지."

그때 아연이 모습을 드러내자 희연은 깜짝 놀라 제 방으로 바람처럼 달아났다.

"오빠, 희연이 왜 저래요?"

"비밀."

"음… 나 삐칠 거예요? 뭐죠? 뭔데 쟤가 안 하던 짓을 하는 거죠?"

여동생에 관한 일이라면 그게 무엇이든 세심한 주의를 기울이는 아연이다.

희연과 약속을 했기에 현성은 입을 굳게 다문다.

배낭에서 좀 전 희연에게 주었던 것과 똑같은 포장지의 물건을 현성은 아연에게 건넸다.

아연의 얼굴에도 홍조가 피어난다.

그것은 부끄러움과 쑥스러움이 뒤섞인 감정의 색이다.

현성이 희연과 아연에게 차례로 건넨 것은 여자들의 그날에 반드시 필요한 생리대였다.

그리고 얼마 전 희연은 진정한 여자가 됐다.

왜 이 사실을 제 언니에게 밝히지 않는 것인지는 의아했지만 본인이 말하지 않겠다고 하니 현성이 먼저 이를 알려줄 수도 없었다.

발설하기에는 너무 민감한(?) 사안이다.

'녀석이 제 언니에게 비밀로 하는 건 수련이 이유겠지.'

희연은 강도 높은 수련을 하루도 쉬지 않고 매일 꾸준히 하고 있었다.

이는 제 손으로 언니를 지켜주려는 갸륵한 마음의 발로이다.

아연 역시 희연이 수련에 목을 매는 이유에 대해 알고 있었다.

그래서 더더욱 희연을 걱정하는 아연이었다.

휴우.

묵직한 한숨이 아연의 입술을 비집고 흘러나왔다.

현성의 시선을 느낀 아연은 억지웃음을 지어 보였다.

"매번 고마워요, 오빠."

현성이란 믿음직한 울타리가 없었다면 자매에게 이 세상은 그 자체가 지옥이었을 것이다.

"너도 수련은 꾸준히 해."

학력과 재산과 사회적인 위치가 강자와 약자를 나누던 시대는 쓸쓸히 퇴장하고 있었다.

이 시대는 무력이 곧 신분이었던 원초적인 시대로 회귀하고 있다.

이러한 변화에 발맞추기 위해서는 개인이 일당백의 전사처럼 강해져야만 한다.

현성은 자매에겐 든든한 보호자이자 스승이며 동료다.

아직은 동료란 단어를 사용하기에 자매의 실력이 그에 못 미쳐 어폐가 있지만.

하지만 미래의 자매는 분명 지금과 크게 다를 것이다.

요즘 그 조짐을 현성은 자주 목격했다.

아연과 함께 물건 정리를 한 현성은 계곡 수련장으로 향했다.

봄의 기운이 곳곳에서 움트고 있다.

차가운 공기 속에 느껴지는 온기의 숨결들.

이를 몸과 마음으로 흡수하며 현성은 가부좌를 틀었다.

오래전 이러한 황폐한 세상을 예견한 듯 현성의 외조부는 그에게 특별한 수련을 가르쳤다.

이 수련의 궁극의 목적은 본질—영혼—의 힘을 끌어내는 데 있었다.

얼마 전 현성은 거대한 이명과 함께 찾아온 떨림을 통해 하나의 벽을 깨뜨렸다.

그때 얻은 힌트를 붙잡고 몇 날을 수련한 현성은 본질을 발현할 수 있는 길을 찾게 됐다.

꾸욱.

현성이 주먹을 쥐고 본질의 힘을 싣자 주먹 주변으로 신비로운 자광이 서리기 시작했다.

하지만 이 뭉치는 그가 아무리 힘을 주어도 더는 발전하지 않았다.

현성은 자광이 서린 주먹을 마치 창처럼 바위를 향해 찔렀다.

이쑤시개가 두부에 꽂히듯 그의 주먹은 별다른 저항도 받지 않고 바위 속으로 쑥 들어갔다.

상처 하나 없는 현성의 주먹은 여전히 신비로운 자광에 감싸여 있었다.

자광은 곧 현성의 손에서 자취를 감춘다.

'위력적이긴 하지만… 단 한 번인 게 아쉽군.'

광검으로 발전하기 전 단계인 빛의 발현. 현성은 깊은 소백산 골짜기에서 이처럼 독자적으로 큰 한 걸음을 내딛고 있었다.

그런데 의문인 점은 그가 선보인 자색의 빛이다.

교황청이 각국에 공개한 광검의 5단계. 그중 그 어디에도 현성의 자광은 해당하는 곳이 없었다.

현성은 싹을 틔우기 시작한 이 능력을 더욱 발전시키기 위해 수련에 들어갔다.

* * *

작은 고통은 큰 고통에 먹히고 큰 고통은 그보다 더 큰 고통에 묻힌다.

인류의 생존을 위협했던 여러 번의 위기 상황은 사람들의 통각을 마비시키고 있었다.

인간은 죽는다! 이를 알면서도 죽음이 자신과는 별개의 일인 듯 여기며 살아왔던 것처럼 눈앞에 닥친 현실을 극복하기 위해 사람들은 그 어느 때보다 열심히 일하고 있었다.

매일 녹초가 된 몸은 자리에 눕자마자 깊은 숙면으로 이어졌다.

다음 날이면 어김없이 일어나 모두 일터로 나가 예전의 풍요를 바라며 업무에 종사했다.

이처럼 자신의 자리에서 건실하게 살아가는 자들이 있는가 하면 한 줌도 되지 않는 지위와 힘을 악용하는 자도 독버섯처럼 곳곳에 기생하고 있었다.

대구 외곽 한적한 고급 별장.

두 대의 봉고차가 어둠을 머리에 이고 있는 별장 안으로 들어선다.

열린 정문은 총기로 무장한 남자들이 서둘러 닫아버렸다.

강철의 육중한 마찰음.

별장 후문에 도착한 봉고 차량의 문이 드르륵 열렸다. 그 안쪽엔 손과 다리가 묶이고 눈에 안대와 입에는 재갈이 채워진 여덟 명의 소녀가 짐짝처럼 실려 있었다.

"물건에 흠집 내지 마라."

"형님, 장사 한두 번 합니까. 어차피 나중 되면 다 우리 물건인데 염려 붙들어 매십쇼. 헤헤."

굽실거리며 내민 부하의 담배를 받아 입에 문 남자는 겁에 질려 바들바들 떠는 소녀들을 바라보다 이내 고개를 돌렸다.

처음에는 이 일에 그도 양심의 가책을 받았었다.

그러던 것이 점차 무디어져 갔다.

이제는 저들이 인간이 아닌 하나의 상품으로 보였다.

인간성을 상실해 가는 자신의 모습에 씁쓸했지만 당하는 것보다는 그래도 가해자가 되는 게 낫다.

상념을 긴 담배 연기와 함께 뿜어낸 남자는 심드렁한 어조로 명령했다.

"한숨 때리고 있을 테니까. 일 생기면 바로 연락하고."

"예, 형님, 편히 쉬십시오."

커다란 덩치와 어울리지 않게 간사한 목소리의 남자는 제 두목이 시야에서 완전히 사라지자 언제 그랬냐는 듯 목에 힘을 주며 활개를 쳤다.

"이 새끼들아, 빨리빨리 움직여라. 날 저문다."

이들은 대구시에서 물자와 치안을 담당하는 고위 공무원들을 접대하기 위해 미소녀들을 납치해 왔다.

납치된 소녀들의 첫 번째 임무는 바로 이들의 욕구를 풀어 주는 일이다.

하루 이틀 하는 일이 아니다 보니 이쪽으론 다들 숙련된 놈들이다.

잡혀온 소녀들은 언제나 그렇듯 접대를 마친 뒤면 놈들이 운영하는 가게나 혹은 연계된 조직의 윤락가로 팔려 나갔다.

심지어 장기 적출이란 끔찍한 일을 당하기도 한다.

악귀보다 더 잔인하고 무서운 존재가 인간이라 했던가? 그런 인간들이 바로 이놈들이다.

화려한 별장 내부로 들어선 소녀들은 그제야 답답한 육신의 속박에서 풀려날 수 있었다.

소녀들이 일제히 울음을 터뜨리며 풀어줄 것을 간절하게 애원했다.

하지만 말끔한 차림의 남녀는 그녀들의 도움 요청을 잔인한 목소리로 잘라 버렸다.

"우리의 뜻을 거스르는 년은 개밥으로 줄 것이다."

매몰차게 생긴 중년의 여인은 준비된 매뉴얼대로 진행했다.

반항심의 제거였다.

하나의 동영상이 커다란 평면 TV에서 나온다.

천인공노할 끔찍한 장면을 촬영한 영상이다.

굶주린 개들이 갇힌 더러운 철창 안으로 구타의 흔적이 역력한 벌거벗은 소녀 둘이 던져졌다.

공포에 질린 소녀들은 비명을 지르다 이내 눈물로 자비를 호소했다.

소녀들의 애원은 무참하게 외면당했다.

인육에 익숙한 듯 개들은 소녀들을 산 채로 뜯어 먹었다.

살점이 씹히고 뼈와 이빨이 만나 뼈가 바스러지고 피가 사방을 적셨다.

으적으적, 쩝쩝, 꿀꺽.

잡혀온 소녀들은 깊은 충격을 받았다.

애원도 눈물도 순식간에 말라 버렸다.

어떤 이들은 주저앉아 토악질을 해대기도 했다.

"저건 연출이 아니다. 실제 상황이지. 너희들이 도망치거나 손님들께 불쾌감을 줘도 바로 저 꼴이 될 것이다. 살고 싶으면 고분고분해라. 알아들은 것 같으니 긴말하지 않겠어. 오늘은 마음껏 먹고 푹 쉬도록 해."

영상을 본 소녀들은 제 자신이 영상 속 인물이 된 듯한 몰입감에서 빠져나오지 못했다.

극심한 공포는 소녀들의 눈물과 신음조차 말려 버렸고 그들의 몸을 돌덩이처럼 만들었다.

* * *

승진은 일이 있어 오지 못한 가운데 현성은 차민연과 약속 장소에서 단둘이 만났다.

현성은 민연에게 유오찬에 관한 정보가 있는지 물었다.

그녀는 별다른 소득이 없었다고 힘없이 대답했다.

"음, 그렇군요. 일전에 제가 부탁한 김승희란 여학생의 행적은 어찌 되었습니까?"

유오찬은 현성이 가장 꺼려하는 인물이다.

이는 그가 유오찬을 개인적으로 두려워해서 그런 것이 아니다.

자매의 안전을 고려하고 있었기 때문이다.

이 점을 해결할 수 있다면 그는 다시 사회의 일원으로 돌아올 수 있으리라.

'현성 씬 왜 그녀들을 위해 자신을 희생하는 거죠?'

민연은 예전부터 이를 묻고 싶었지만 침묵했다.

그의 대답이 무서워서였다.

복잡한 심경을 힘주어 억누르는 민연이다.

"알아냈어요. 가족과 함께 대구에 내려갔더군요. 그런데 김승희란 여학생의 행방은 왜 찾는 거죠?"

현성은 민연이 자신에게 보이는 감정을 은인에 대한 고마움으로 생각하고 있었다.

그는 그녀가 자신을 남자로 보고 있음을 알지 못했다.

민연을 대하는 현성의 태도는 동료애와 우정의 중간이다.

고백이 두려운 여인과 무신경한 남자는 이처럼 평행선을 걷고 있었다.

"그녀가 아연이에게 머리핀을 줬습니다. 문제는 그 핀에 위치 추적 장치가 있더군요."

이리 운을 뗀 현성은 구치소에서 자신이 탈출했어야만 했던 이유를 이제야 밝혔다.

탈옥할 기미가 전혀 없었던 현성의 갑작스러운 탈옥. 지금에서야 그 이유를 듣게 된 민연이었다.

'당신에게 자매가 그리 소중한 사람들이었나요? 당신의 삶을 포기할 만큼.'

자신이 파고들어 갈 틈이 그의 마음에 있을까? 문득 든 이 생각에 민연은 자신이 한없이 초라해 보였다.

그를 향해 걸어가는 마음을 멈추고 싶다. 등을 돌리고 싶다.

하지만 그를 보지 못하는 날이면 외로움이 뼈에 사무친다.

사랑… 너무 외롭고 아프다.

자신을 아프게 하는 남자가 그래서 밉다.

"아연이를 좋아하세요?"

가슴속에 묻어두었던 질문이 부지불식간에 터졌다.

민연은 속으로 크게 당황했다.

지금 자신의 마음을 그에게 들킨다면 두 번 다시 그의 얼굴을 제대로 볼 수 없을 것 같았다.

그래서 민연은 자신의 질문에 깃든 무게감을 덜기 위해 표정을 장난스럽게 고쳤다.

짧은 순간 만감이 교차한 민연과 달리 현성은 아무렇지도 않은 듯 담담하게 대답했다.

속으론 주제를 겉도는 그녀의 질문이 이상했지만.

"음, 아연이는 좋은 아이입니다. 희연이 역시 그렇습니다. 제게 두 아이는 이제 가족입니다."

가족… 가족… 가족!

피 한 방울 섞이지 않은 남녀가 모여 가족이 되는 경우는 부부뿐이다.

하지만 현성의 지금 표정을 보니 아연을 여자로 보는 것 같진 않았다.

현성의 태도가 순간적으로 얄미워 뜻하지 않은 질문을 하여 속내를 드러냈던 민연은 돌아온 그의 대답에 깊은 안도를 느꼈다.

고아로 자란 그는 외로워서 여동생 같은 아이들이 필요했을지도 모른다.

이것이 그가 두 아이의 보호자를 자청하는 이유가 아닐까? 이 생각은 마치 확신처럼 민연의 마음에 우뚝 선다.

그 순간 민연의 표정은 진심으로 환하게 밝아졌다.

목소리 역시.

"예, 그렇군요. 그보다 현성 씨 얼굴이 널리 알려져서 주소를 알더라도 찾아가기 힘들지 않겠어요? 저 이틀 후에 삼 일간 휴간데. 같이 갈래요?"

지금 당장 김승희를 찾아가는 일은 현성에게도 부담되는 노릇이다.

하루 세 번의 공간 이동 중 물류 창고에 들리는 데 한 번, 그곳에서 여기까지 오는 데 또 한 번, 이렇게 두 번을 사용했다.

아무 데서나 하루 지내는 건 일도 아니지만 굳이 그럴 필요성은 느끼지 않았다.

"그럼 신세 지겠습니다."

현성의 순순한 승낙에 민연은 몹시 기뻤다.

둘만의 여행(?)을 그가 전혀 꺼려하지 않음도 이에 크게 작용했다.

"아연이와 희연이는 건강하죠? 안부 전해주세요."

현성에게 가족이면 자신에게도 가족이다.

민연은 자매를 앞으로 자신의 친자매처럼 생각하기로 했다.

적어도 현성의 마음에 아연은 여자가 아니기에.

"전하겠습니다."

"모든 일이 잘 풀려서 우리 네 사람이 모여 편하게 밥 먹는 날이 왔으면 좋겠어요."

민연의 말 속엔 깊은 의미가 담겨 있었다.

하지만 당사자인 현성은 일상의 흔한 인사 정도로만 여겼다.

"그럼 그때 뵙죠."

여지도 남기지 않고 현성은 단칼에 일어섰다.

그와 좀 더 이야기를 나누고 싶었던 민연은 그의 태도에 섭섭함을 느꼈다.

하지만 어쩌랴. 무심함이 저 남자의 성격인 것을.

"그럼 그날 봬요."

"예."

현성은 그 자리에서 자취를 감추었다.

휘이이이잉.

현성이 떠난 빈자리엔 바람만이 남아 소용돌이친다.

'현성 씨는 연애 쪽으론… 미숙한가 봐.'

*　　　*　　　*

소백산에서 수련과 잡다한 일로 시간을 보낸 현성은 약속 장소에서 민연을 만났다.

현성은 민연의 차량으로 대구 김승희의 집까지 이동했다.

공간 이동에 익숙한 그로서는 느린 이동이었다.

달리는 차량엔 두 사람밖에 없었다.

침묵하는 현성과 기회가 닿을 때마다 말을 걸어오는 민연.

일방통행인 대화의 끝은 늘 어색한 단절이다.

그럼에도 민연은 이 시간이 싫지 않은 듯 입가에서 미소를 잃지 않았다.

참고로 현성은 뒷좌석에 앉아 있었다.

'뭐야? 내가 운전기사야? 너무해.'

그에 대해 좀 더 많은 것을 알고 싶고 또 자신에 대해 알려주고 싶었던 민연은 현성의 무뚝뚝한 태도에 속이 살짝 상한다.

그녀는 늘 상대의 적극적인 관심만 받아왔다.

지금과 같은 찬밥 대우는 단연코 처음이다.

그럼에도 그가 좋으니 병도 확실히 큰 병이 아닐 수 없다.

부아아아앙.

목적지에 도착한 민연은 현성의 유명세를 생각하여 차량에 남도록 한 뒤 혼자 김승희의 집을 찾아갔다.

그곳엔 승희의 어린 남동생이 홀로 집을 지키고 있었다.

남매의 아버지는 지방 건설 현장에서 일한다 했고 어머니는 몸이 안 좋아 병원에 입원한 상태였다.

민연은 소득 없이 차로 돌아올 수밖에 없었다.

탁.

"어젯밤에 들어오지 않았다고 하네요."

민연이 룸 미러를 통해 현성을 바라보며 말했다.

그녀의 말이 채 끝나기도 전에 누군가 창문을 두드렸다.

현성은 즉시 상체를 옆으로 눕혔다.

지이잉.

"어, 넌 승희 동생이구나. 무슨 일이니?"

"저, 저기, 아줌마."

"음, 나 아줌마 아니거든. 아까도 말하지 않았니?"

민연은 친절한 표정으로 아이의 호칭을 정정해 주었지만 아이는 이를 들어먹지 않았다.

요즘 남자들은 애나 어른이나 여자의 마음을 너무 몰라준다.

하아.

민연의 입에서 맥 빠지는 한숨이 나온다.

"아줌마."

"끄응, 그래, 무슨 일이니?"

어린아이와 입씨름해 봐야 체면만 구긴다.

그럴 바엔 차라리 쿨 한 모습을 보여 중간이라도 가자. 이리 생각한 민연은 애써 자신을 위로했다.

"누나가 어제 나가면서 무슨 일이 생기면 이쪽으로 연락하라고 했어요. 제가 연락했지만 무서운 아저씨가 받아서 끊었는데… 우리 누나 좀 찾아주세요, 아줌마."

아이에게서 꼬깃꼬깃한 메모지를 받아든 민연은 전화번호

를 수첩에 적은 뒤 쪽지를 돌려주었다.

"누나는 내가 찾아볼게, 꼬맹이."

"우리 누나 괜찮겠죠. 친구들이 그러는데 요즘 이상한 아저씨들이 여자들을 막 잡아가고 그런대요."

아이의 작은 얼굴은 온통 걱정과 두려움으로 가득 차 있었다.

민연은 이 아이의 처지에 마음이 쓰였다.

"잡아가?"

"…예."

"꼬맹이, 네가 걱정하는 그런 일은 아닐 거야. 그러니까 걱정하지 말고 집 잘 봐. 아까 보니 많이 어지럽던데. 정리 정돈도 좀 하고 그래라. 알았어?"

"청소는 싫지만… 누나가 집 어지럽히면 혼내니까 치울게요. 아줌마, 꼭 누나 찾아줘야 해요. 꼬옥!"

아이에겐 민연이 유일한 희망이었다.

"약속해."

"감사합니다, 아줌마."

"인사성은 되게 밝구나."

여자에 대한 매너마저 바라는 건 사치일까? 민연은 손에 힘을 살짝 주어 아이의 머리를 쓰다듬었다.

아이는 민연이 자신의 머리를 누르자 목에 힘을 주며 버텄다.

어려도 남자다. 남자의 자존심은 굴복을 모른다.

이 모습에 민연은 작게 실소를 터뜨렸다.

아이가 애써 태연하게 말한다.

"그런 얘기 많이 들어요."

"그래, 너 잘났다. 이거 가져가서 먹어."

민연은 새벽 일찍 일어나 간식을 만들었다.

그중 일부를 민연은 아이에게 나누어 주었다.

물자의 부족은 민연과 같은 위치에 있는 사람에게는 해당되지 않는다.

부의 편중 현상은 여전하다.

아이의 두 눈이 동그래진다.

"바, 받아도 돼요? 아줌마."

군침이 가득 고인 아이의 모습에 민연은 녀석의 머리를 이번엔 부드럽게 쓰다듬어 주었다.

"누나가 주는 건 받아도 돼."

"감사합니다, 아줌마. 저희 누나 꼭 찾아주세요."

아이는 호칭을 끝끝내 정정하지 않았다.

뛰어가는 아이의 작은 뒷모습을 바라보다 민연은 창문을 올렸다.

'끄응, 돌아가서 집중 관리 좀 받아야겠어.'

룸 미러로 자신의 상태를 잠깐 확인한 민연은 차를 출발시켰다.

뒷좌석에 몸을 숨기고 있던 현성이 그제야 바로 앉는다.

"저 아이의 눈에는 현성 씨도 분명 아저씨로 보일 거예요. 호호호."

혼자 죽을 수 없단 생각에 민연이 말했다.

"예."

민연은 현성의 신통치 않은 반응에 울컥했다.

도둑이 제 발 저리는 마음이다.

민연은 생각했다. 승진이었다면 분명 현성과 달리 만족할 만한 위로(?)를 해주었을 텐데.

연애는 자신이 좋아하는 사람과 하고 결혼은 자신을 더 사랑하는 사람과 하라.

이 말이 떠오른다.

하지만 민연은 자신이 좋아하는 사람과 일생을 보내고 싶었다.

현실보단 감정에 더 충실한 민연이다.

'아자, 아자! 힘내자, 차민연. 넌 할 수 있어! 넌 최고야!'

차량은 한적한 도로 변에 멈췄다.

잇따른 재앙으로 많은 사람이 죽었고 또 많은 이들이 보다 안전한 장소로 옮겨갔다.

그렇다 보니 도시마다 이런 한적한 구멍 같은 곳이 도처에 존재했다.

"단서는 이 전화번호 하나네요. 제가 전화해 볼게요."

"예."

나직이 한숨을 불어낸 민연은 핸드폰 버튼을 눌렀다.

"○○상삽니다."

귀찮아 하는 기색이 역력한 목소리로 상대가 민연의 전화를 받았다.

전화기 너머 여러 사람의 목소리가 노이즈처럼 깔려 있다.

시끌벅적한 것이 무슨 놀이를 하는 것 같다.

귀를 기울여 자세히 들어보니 노름판 용어들이다.

"그곳에 김승희 양이 있나요?"

민연의 질문에 남자의 전화기는 한동안 먹통이 됐다.

신호가 끊어진 것은 아니었다.

곧 남자의 까칠한 대답이 흘러나왔다.

"그 어린 계집애는 왜 찾아? 여기 없어. 끊어."

뚜우우우.

"아니, 뭐 이런 인간이 다 있어. 전화 예절을 밥 말… 아, 나쁜 아저씨네. 칫, 어쩌죠, 현성 씨?"

난처한 표정으로 민연이 현성을 돌아본다.

현성은 그녀의 말을 듣지 못한 듯 생각에 잠겨 있었다.

아니, 기억을 더듬었다.

방금 전화가 끊어지기 전 누군가의 이름을 얼핏 들었다.

그런데 그 이름이 유난히 귀에 익었다.

'원도… 강원도?'

번쩍.

현성의 눈빛이 순간 강렬해졌다.

의외의 장소와 상황에서 경상도의 오른팔을 자처하던 강원도의 소재를 알게 됐다.

"민연 씨, 그 전화번호의 주소지 알 수 있겠습니까?"

"예? 아, 예, 가능해요."

"부탁합니다."

현성의 서두르는 태도는 민연의 의혹을 샀다.

이 점이 궁금했지만 현성의 진지한 표정을 보니 질문할 수 없었다.

일의 우선순위조차 모르는 철부지 계집아이 같은 인상을 주기는 싫었다.

제21장

최초의 스킬러

전직 여배우 차민연은 대중에 널리 알려진 스타였다.

가끔 대중의 관심이 그리울 때도 있었지만 민연은 특수국 요원으로서의 이 생활도 싫지 않았다.

○○상사.

민연이 노크를 하려 한다.

그런데 현성이 그녀의 손목을 붙잡았다.

화끈.

현성의 온기와 손아귀 힘에 민연은 심장이 두방망이질 쳤다.

그녀의 이상형엔 연하남이 해당하지 않는다.

더욱이 현성은 민연보다 세 살이나 어리다.

하지만 액면가(?)는 현성이 그녀보다 더 들어 보인다.

풍기는 분위기 역시.

민연을 뒤로 당긴 현성은 손잡이를 돌렸다.

문은 잠겨 있지 않았다.

허락도 없이 사무실로 들어간 현성. 입구와 가까운 곳에 있던 남자들이 그를 보며 인상을 험악하게 구겼다.

"넌 뭐야?"

"손모가지가 없나. 허락도 없이 뛰어들어 와!"

사무실의 남자들이 입구 쪽을 보았다.

하지만 곧 관심을 끊고 그들만의 놀이에 빠져들었다.

두 남자가 건들거리는 걸음으로 현성을 향해 걸어왔다.

덩치와 험악한 인상만 놓고 볼 때 현성은 이들 중 하나의 상대도 되지 않을 것 같다.

하지만 속은 두 녀석보단 현성이 꽉 차 있다.

현성은 사무실 전체를 훑었다.

이곳은 사무실이라기보다는 창고와 같은 느낌이었다.

'강원도는 여기 없군.'

현성의 눈동자에 잠시 실망감이 스쳐 간다.

"호오, 요 새끼 봐라. 입에 본드 칠했나. 그럼 아가리를 쫙 찢어… 어? 저 여자, 뭐지?"

"갈쌈하네, 저 계집."

민연을 그제야 보게 된 두 녀석의 눈에 욕정이 번들거렸다.

대구시에서 좀 반반하다 싶은 여자는 눈에 닥치는 대로 추행하던 놈들이다.

법? 그건 이놈들에겐 무시하는 게 정상인 규칙이었다.

"강원도 어됐나?"

민연에게 관심을 보이던 두 녀석은 현성의 나직한 질문을 알아듣지 못했다.

현성은 녀석들에게 다시 한 번 물었다.

그러자 두 녀석이 눈에 쌍심지를 밝히며 욕설과 주먹을 날렸다.

이 두 놈 말고도 안쪽에 더 많은 놈들이 화투와 카드놀이를 하고 있었다.

대답할 주둥이가 많다.

현성이 두 녀석의 중앙을 뚫고 지나가며 손날 안쪽으로 놈들의 목울대를 가격했다.

"컥!"

"컥!"

충격을 받은 두 녀석이 장작처럼 양옆으로 쪼개졌다.

육박전의 서막을 알리는 소리다.

"저 새끼, 뭐야!"

"저 시발 놈이!"

"잡아!"

"족쳐!"

우르르, 우당탕.

현성은 놈들을 향해 달려들었다.

그의 행동과 표정에선 일말의 주저함도 없었다.

마치 만만한 양 떼를 향해 뛰어든 용맹한 수사자 같다.

"컥!"

"으악!"

"뭐 이딴… 컥!"

현성의 싸움은 화려하지 않았다.

그는 철저하게 상대의 급소만 노린다.

그의 감각과 힘과 민첩함은 예전보다 더 다듬어져 있고 발전해 있었다.

이는 초기 빛의 발현 현상을 겪은 이후부터였다.

와락.

뒤에서 큰 덩치의 남자가 현성을 양팔로 묶었다.

현성은 뒤통수로 놈의 얼굴을 찍었다.

속박에서 풀린 현성은 뒤차기로 놈을 날린 뒤 전방과 좌우 측면에서 달려드는 놈들을 해치웠다.

모든 면에서 놈들을 압도하는 현성이었다.

일 대 다수의 싸움에서 일의 실력이 압도적이다.

싸움은 오 분 만에 현성의 승리로 끝이 났다.

여기저기 쓰러진 놈들의 신음이 잔잔한 개울물처럼 흘렀다.

아예 침묵하는 자들도 있었다.

민연은 눈앞에 펼쳐진 전경에 넋을 놓았다.

싸움깨나 했을 법한 남자들이 현성 하나를 감당하지 못하고 모두 나자빠져 있다.

이 자리에 서 있는 자는 놈들을 독촉했던 우두머리 남자가 고작이다.

'완전 액션 영화네.'

전의를 상실한 우두머리의 얼굴은 공포에 질려 점점 파래지고 창백해졌다.

놈의 다리는 보기 안쓰러울 만큼 부들거렸다.

갑의 입장에서 폭력을 행사해만 봤지 지금처럼 철저한 을의 입장이 되어 당해보긴 처음인 녀석이다.

반항, 저항, 투지 따위를 단숨에 제압해 버리는 압도적인 무력 앞에서…

"괴, 괴물!"

패배를 선언하는 우두머리다.

항거할 수 없는 자를 일컬어 우리는 자주 괴물이란 단어를 사용한다.

이는 무조건적인 항복을 의미하는 또 다른 굴복의 의미다.

민연은 현성과 직면한 남자의 심정을 마치 그 마음속에 들어갔다 나온 것처럼 십분 이해했다.

깨진 거울에 비친 현성을 보았기에.

"강원도, 그자는 어디 있지?"

억양의 높낮이 따위 찾아보기 힘든 무심한 현성의 어조는 싸늘한 얼음장 같다.

그것이 자신을 향하자 우두머리는 심장이 얼어붙는 느낌을 받았다.

"대체 넌 누구냐?"

겁에 질린 우두머리의 눈알이 빠르게 좌우로 움직였다.

놈은 쓰러진 부하들이 일어나 주기를 간절히 바랐다.

의식을 잃지 않은 자들이 몇몇 있었기에 가질 수 있는 바람이다.

하지만 우두머리의 바람은 이루어지지 않았다.

현성이 저들에게 가한 충격은 결코 일이십 분 안에 풀어질 만큼 가볍지 않았기 때문이다.

"그 날붙이는 버리는 게 좋을 것이다."

말 잘 듣는 개처럼 우두머리는 현성의 무심한 한마디에 재깍 손에서 무기를 놓았다.

녀석은 곧 자신이 큰 실수를 저질렀다는 생각을 했다.

떨어뜨린 무기를 녀석은 집으려 했다.

녀석의 이 행동은 결실을 보지 못했다.

앞에 떨어진 단검을 현성이 발로 날려 멀찌감치 보내 버렸기에.

흠칫!

엉거주춤한 자세를 겨우 바로 세운 우두머리는 두려움에 뒷걸음질을 쳤다.

벽에 부딪친 우두머리는 당혹스러워하다가 무슨 생각에서인지 갑자기 괴성을 지르며 현성을 향해 달려들었다.

녀석이 노린 것은 현성이 아니었다.

반쯤 열린 책상 서랍. 그 안에 들어 있는 권총이 놈의 최종 목적이었다.

희망을 향해 무작정 뛰어가던 우두머리의 발을 현성이 걸었다.

우당탕, 쿵!

"어이쿠!"

책상 모서리에 머리를 찧은 우두머리는 고통에 몸부림쳤다.

눈썹 하나 까딱이지 않고 현성은 놈 앞에 우뚝 섰다.

"강원도 어디에 있나?"

"시, 시팔, 내가 그걸 불 것 같아? 날 뭐로 보는 거야!"

욕설을 토하며 우두머리는 열린 책상 서랍으로 팔을 뻗었다.

현성의 다리가 번개처럼 움직였다.

쾅. 탁!

"크아아아, 내 손, 내 손! 으아아악!"

녀석은 고래고래 악을 쓰며 눈물을 찔끔거리더니 뭍에 던져진 물고기처럼 퍼덕거렸다.

이 모습에 민연은 놀라 고개를 돌려 버렸다.

쿵쿵쿵쿵쿵!

현성의 또 다른 일면을 보게 된 민연은 뛰는 심장을 주체할 수 없었다.

"여기엔 너 말고도 대답할 입은 더 있어."

냉정한 현성의 목소리가 비명을 뚫고 우두머리의 귀에 박혔다.

"으으으으으… 자, 잔인한 놈."

"기회를 주면 잡아. 그게 장수하는 길이다."

우두머리 앞에 앉은 현성이 녀석이 턱 끝을 치켜들었다.

놈은 그와 눈길을 마주치는 게 겁이 났던지 눈동자를 좌우로 흔들어댔다.

"난 배신의 배 자도 몰라! 이 괴물 새끼… 어? 그러고 보니 넌!"

현성의 얼굴을 그제야 똑똑히 본 우두머리의 얼굴이 창백하게 질렸다.

선우현성. 매우 위험한 인물로 전국에서 수배를 받고 있다.

악인이 가장 무서워하는 자는 성자도, 성인도, 법 집행자도 아니다.

바로 자신과 동류의 악(惡)을 두려워한다.

부르르.

악인에게 자비란 없다.

목적을 위해서는 수단과 방법 또한 가리지 않는다.

그래서 악은 무서운 것이다.

특히 자신이 악의 길을 걸어왔다면 더더욱 그 무서움을 안다.

"말할 마음이 생겼나 보군."

세상이 자신에게 붙여준 이미지. 그 악인의 이미지에 도움을 받게 된 현성이다.

*   *   *

부우우우웅.

민연이 자동차 가속 페달을 힘껏 밟았다.

자동차는 시외로 빠지는 국도에 접어들었다.

저 멀리 두 대의 장갑차를 거느린 검문소가 보였다.

이동식 바리케이드가 도로 절반을 가로막고 있었다.

무법자들의 횡포가 날로 심해지면서 이와 같은 검문소는 일상의 한 부분으로 자리매김한 지 오래다.

수배자인 현성을 태우고 있는 입장에서 이 같은 검문은 민연의 마음을 졸이게 했다.

하지만 민연은 전직 여배우답게 전혀 이를 드러내지 않고 태연하게 검문을 받았다.

그녀는 특권층이다.

신 엘리트족이라 불리는 스킬러다.

그리고 특수국 요원이기도 하다.

"안녕히 가십시오."

경찰관의 거수경례를 받으며 민연의 차는 유유히 검문소를 스쳐 지나갔다.

*   *   *

총기로 무장한 경비들이 별장 곳곳에 배치되어 있다.

별장은 중세의 성벽처럼 높고 두꺼운 담장에 둘러싸여 있었고 수십 대의 감시 카메라와 덩치 큰 사나운 개들이 방어에 가담하고 있었다.

"요새 같은 느낌이네요, 현성 씨."

봄의 기운이 살짝 깔린 비탈진 잡목에 은신한 남녀.

민연은 별장의 강도 높은 경계 태세에 혀를 내두르며 표정을 굳혔다.

"그렇군요."

현성이 눈으로 확인한 무장 경비의 숫자만 해도 스무 명. 여기에 감시 카메라와 개들이 놈들의 사각지대를 커버하고 있다.

민연이 받은 느낌처럼 저 별장은 요새라 불릴 만하다.

"지원 요청을 하는 게 좋겠어요."

깡패 사무실에 쳐들어갔던 것처럼 여기서도 현성이 그러지 않을까 싶어 민연은 크게 걱정했다.

사무실에 있던 자들의 무기는 날붙이였다.

하지만 저곳에 있는 자들은 하나같이 총기를 휴대하고 있다.

백 번의 주먹질보다 한 방의 총알이 더 무서운 법이다.

민연은 자신의 뜻을 현성이 용납하지 않을까 봐 걱정했다.

하지만 그녀의 걱정은 한낱 기우였다.

"그리하세요."

"저, 정말인가요?"

별장의 동태를 살피던 현성이 그제야 고개를 민연에게 돌렸다.

그와 눈이 마주친 민연은 조폭들을 다루던 현성의 모습이 불현듯 떠올랐다.

그 순간 그녀의 몸과 마음이 움츠러들었다.

현성은 자신의 눈길을 피해 고개를 얼른 숙이는 민연의 모습에서 좀 전 자신이 지나치게 날뛰었구나! 하는 생각을 했다.

"예."

현성이 눈길을 돌리자 그제야 고개를 들어 현성을 바라보는 민연이다.

그러다 곧 그녀는 그가 자신이 눈길을 피한 행동을 오해할 수도 있지 않을까? 하는 생각이 들었다.

조폭 사무실을 깨부수던 현성은 분명 낯설고 무서웠다.

하지만 그의 분노와 주먹은 경솔하지 않았다.

분노할 때 분노하고 싸워야 할 때 싸울 줄 알아야 한다.

싸움에서, 전쟁에서 어찌 규칙이 존재할까. 그것이 스포츠도 아닌데.

"현성 씨."

"예."

현성은 민연의 감정을 고려하여 그녀를 쳐다보지 않았다.

민연은 그의 태도에서 자신의 좀 전 행동을 마음에 담아두었다고 여겼다.

"절 보세요."

민연이 목소리에 힘을 주었다.

현성이 고개를 돌려 민연을 본다.

이번엔 민연이 그의 눈길을 피하지 않고 똑바로 바라보았다.

"전 당신이 두렵지 않아요."

현성은 민연의 두 눈을 지그시 한참을 응시했다.

현성의 입가에 부드러운 미소가 신기루처럼 잠시 머물다 사라졌다.

민연은 처음으로 현성의 미소를 보았다.

따뜻하고 부드러운 그 미소는 민연의 뇌리에 깊이 박혔다.

듬직하고 멋진 미소.

쿵쿵쿵쿵.

민연의 심장은 조금 전과는 다른 의미로 세차게 뛰기 시작했다.

"예."

무덤덤하며 나직한 그의 한마디에 민연은 그가 더 이상 자신을 오해하지 않을 것이란 걸 알았다.

민연은 그에게 고마움을 느꼈다.

그녀는 이 일을 통해 그에게로 한 발 더 성큼 다가선 느낌을 받았다.

민연이 의욕을 불태운다.

"현성 씨, 저 장소를 급습할 인력은 일반 군경이 아니라 특수국의 정예 요원들이에요. 무법자들의 창궐에 위협을 느낀 정부가 특수국에 특별 기동대를 만들게 했거든요."

후이넘이란 괴수의 등장 이후 정부는 스킬러들을 지나치게 아끼는 감이 없지 않아 있었다.

스킬러의 존재는 장차 자신은 물론 가족들의 안전에도 큰 영향을 미칠 것이란 걸 인식한 결과였다.

2차 후이넘 침공 당시 로마의 방어 능력—광검 스킬러—도 사람들의 인식을 크게 바꾸어놓았다.

정부의 친스킬러 정책을 반대해 왔던 정치인들의 정책 급선회만 봐도 알 수 있었다.

그리 아끼던 스킬러를 무법자 소탕에 투입한 정부. 이는 정부가 더 이상 무법자를 좌시하지 않겠다는 강력한 의지의 천명이었다.

"아버지, 저 민연이에요."

*   *   *

특수국 본부 내에 대기 중이던 특별 기동대 3팀에 국장의
긴급 지시가 하달됐다.

완전무장을 갖춘 이들은 지시 장소로 공간 이동을 했다.

이들이 모습을 드러낸 곳은 민연이 휴대폰 카메라로 사진
을 찍어 전송한 예의 그 장소였다.

현성이 몸을 숨긴 지 정확하게 15분 24초 만이다.

"민연 씨!"

"양 팀장님."

"어찌 된 겁니까?"

현장에서 상황 보고를 받으라는 지시를 받자마자 팀원을
준비시켜 곧장 여기로 이동한 양철민 팀장. 그를 보자 민연은
크게 안도한 표정으로 상황 설명을 했다.

"일단 이 영상을 보세요."

영상을 곁들인 그녀의 설명은 양철민의 감탄을 불러일으
켰다.

"민연 씨, 대단하군요."

"말씀 낮추세요. 나이도 그렇고 직책도 팀장님보다 한참

아랜데 자꾸 이러시면 제가 민망해요.”

“그러고 싶지만 민연모—민연을 연모하는 모임— 녀석들이 겁나서요. 하하.”

민연모는 특수국 내에서 그녀를 좋아하는 남자들이 모여 결성한 사조직(?)이다.

그리고 너스레를 떠는 양철민 역시 그들 중 하나다.

양철민은 곧 진지한 표정으로 영상 속 내용과 진술을 확인한 뒤 부하들을 불러 작전 수립에 들어갔다.

그리고 이들의 동태를 한 쌍의 눈이 지켜보고 있었다.

그는 현성이었다.

＊   ＊   ＊

그 시간, 별장 내부에서도 긴장감이 흐르고 있었다.

“뭐! 특수국 놈들이 왔다고?”

별채에서 쉬고 있던 강원도는 수하의 보고에 화들짝 놀랐다.

“예! 형님, 어쩝니까.”

“제길, 그놈들이 여긴 어떻게 알고.”

무장한 무법자들이 전국에서 들고 일어나 악행을 저지르고 있었다.

이들은 개별적으로 활동하는 것 같았지만 실은 자유무장전선이란 조직의 하부 조직이었다.

하부 조직에 속한 일반 조직원들은 상위 조직인 자유무장전선을 알지 못했다.

조직 내 중요 간부만이 이를 알 뿐이다.

상위 조직인 자유무장전선은 각 지역에서 활동하는 무법자 조직에게 무기와 정보를 전해주고 그들의 약탈품을 상납받았다.

엄청난 양의 약탈품이 중앙 조직으로 흘러들었다.

거기엔 사람도 포함되어 있었다.

대부분의 경우 납치된 이들은 어린아이다.

그 납치된 아이들은 모두 스킬러였다.

국내 무법자 조직의 핵이라 볼 수 있는 자유무장전선. 이곳엔 엄격한 차별이 존재한다.

차별의 조건은 단 하나다.

스킬러인지 아닌지 그 하나만 본다.

강원도는 비스킬러다.

명색이 한 지역을 다스리는 우두머리지만 실상 그의 존재감은 미미하다.

언제든 대체 가능한 그런 인물이다.

현재 이곳 별장에 머물고 있는 스킬러는 일곱. 대외적으로 이곳의 우두머리는 강원도였지만 그들 일곱은 그의 상전이다.

그래서 그는 그들이 머물고 있는 본채엔 얼씬도 하지 않았다.

해봐야 감정만 상하기 때문이다.

'제길, 상도 형님이 계셔야 그놈들을 통제할 수 있는데.'

조직 내에서 스킬러는 귀족이었고 간부는 평민, 일반 조직원은 노예였다.

귀족인 그들의 실수는 용서가 되지만 평민인 강원도와 같은 자들의 실수는 좀처럼 용서받기 힘들다.

민주주의 사회에서 교육을 받고 자란 자들이 어찌 이러한 차별을 용납할까 싶지만 놀랍게도 다들 이에 순응했다.

그 이유는 하나다. 차별받은 만큼 그들 자신도 누군가를 차별할 수 있기 때문이다.

"전투 준비해. 그리고… 아니다. 내가 가마."

강원도는 본채로 황급히 뛰어갔다.

'망할 스킬러 카드. 내겐 왜 힘을 주지 않은 거야! 그 덜떨어진 그 개놈의 자식들에겐 주면서! 왜!'

원망하면 어쩌겠는가.

현실은 그들이 갑인 것을.

"원톱니다."

"뭐냐?"

본채 3층은 이곳 별장에서 가장 좋은 시설과 전망을 갖고 있었다.

넓고 화려한 실내엔 벌거벗은 여인들이 침대와 소파에 아무렇게나 퍼질러 자고 있다.

해도 안 떨어졌는데 이곳에서 열린 난잡했던 파티는 이미 끝물이다.

술과 여자와 마약.

곳곳에서 쾌락의 냄새가 스멀거리며 피어오른다.

"특수국 놈들이 별장을 포위했습니다."

귀찮은 티를 팍팍 내며 원도를 맞이했던 자들의 눈빛이 그 순간 크게 바뀌었다.

원도는 그들 앞에서 연방 굽실거리며 눈치를 살폈다.

이런 원도의 눈에 두 소녀가 들어왔다.

'저것들은 상납할 계집들이잖아.'

어제 잡아온 소녀들은 입맛이 까다로운 고위 공무원들에게 상납할 뇌물인 숫처녀.

그런데 그 소녀들이 다들 마약에 취해 파괴된 처녀성을 쫙 드러내 놓고 있었다.

하고 많은 계집들 중 왜 저들이란 말인가.

원도는 저들이 자신을 너무 무시한다고 생각했다.

하지만 저들 앞에서 자신의 감정을 드러냈다간 무슨 짓을 당할지 모르기에 꾹 눌렀다.

그리고 오늘의 상납은… 날 샜다.

'개새끼들, 숫처녀 구하기가 얼마나 힘든데.'

"대체 일을 어떻게 한 거야! 그놈들이 어떻게 알고 여길 와?"

"송구합니다. 저도 잘…….."

"제길, 휴식 차 왔더니 제대로 놀지도 못하고 쫑 나게 생겼군. 야, 모두 뜨자. 특수국 놈들과의 마찰은 되도록 피하라는 지시도 있었잖아."

이 남자의 말에 모두가 투덜거리며 옷을 입고 모여든다.

이들 중 두 명은 공간 이동 스킬러다.

놈들이 여유를 잃지 않은 이유는 바로 이들이 있기 때문이었다.

강원도의 얼굴에 당혹감이 어린다.

"예? 그게 무슨?"

"뭐야? 그 표정은 도와달라는 거야? 너 똘아이냐? 네가 싼 똥을 왜 우리가 치워. 우린 어디까지나 휴가 나온 거야. 그러니 네 구역은 네가 알아서 지켜. 알았냐, 강원도."

원도는 자신보다 어린, 그 어린놈에게 어깨를 내주며 굽실거리는 현실에 자괴감을 느꼈다.

하지만 저 어린놈의 비위를 건드렸다간 나락뿐이다.

망할 스킬러!

다시 한 번 스킬러에 대한 원도의 불만이 표출한다.

놈의 내심에서만 조용히.

"하, 하지만……."

"야, 강원도."

"예."

"너도 갈래?"

"저, 저도요? 그럼 여긴?"

"여기 남아 봐야 좋은 꼴 보기 힘들지 않아? 내 특별히 널 도와주는 거야. 상도 형님과의 안면을 생각해서."

녀석의 제안에 원도의 얼굴에 망설임이 깔린다.

"역시 기회 포착에 능하군."

"가, 감사합니다, 수현 님."

강원도는 자신보다 한참 어린 녀석을 향해 연방 굽실거렸다.

수하들 앞에서는 온갖 폼을 다 잡지만 자신보다 강한 상대 앞에서는 입안의 혀처럼 구는 강원도다.

이것이 원도가 이 험한 세상에서 잘 먹고 잘사는 법이다.

"잘 생각했다."

한껏 거들먹거린 수현은 창가로 걸어가 두꺼운 커튼을 젖

헀다.

　떠나기 전 상황을 확인하기 위함이다.

　촤악!

　현성은 별장의 움직임을 예의 주시했다.

　한 남자가 별채로 뛰어 들어갔다.

　몇 분 후 별채에서 두 남자가 뛰어나왔다.

　앞서 달리는 남자를 본 현성은 그가 눈에 익었다.

　눈에 안력을 돋워 살펴보니 그 남자는 강원도였다.

　저리 다급하게 움직이는 것을 보니 아무래도 기동대의 존재를 눈치채지 않았나 싶었다.

　강원도가 본채로 들어간 뒤 얼마 후, 3층 유리창을 가린 커튼이 활짝 열렸다.

　강원도를 포함해 여덟 명의 남자가 그곳에 서 있었다.

　커튼을 연 남자가 주변을 살피더니 곧 몸을 돌렸다.

　그러곤 일행과 신체 일부를 접촉했다.

　'공간 이동!'

　현성은 아차 싶었다.

　저 별장에 있는 자들 중 저들이 핵심이다.

　놈들이 공간 이동을 하기 직전 현성은 양손에 권총을 쥐고 그 방 안으로 도약했다.

스팟!

그의 등장은 모두를 놀라게 만들었다.

놈들의 공간 이동도 현성의 등장으로 멈칫했다.

"누, 누구냐?"

탕탕탕!

강원도의 허벅지에 현성이 쏜 총알이 박혔다.

"크아악!"

곧장 몸을 돌린 현성은 공간 이동자로 보이는 두 사람의 이마에 사정없이 총알을 날렸다.

한 명은 공간 이동자였지만 다른 한 명은 아니었다.

다급한 음성이 넓은 실내에 메아리쳤다.

놈들도 현성을 향해 권총을 뽑아 들었다.

현성은 소파 뒤로 몸을 날렸다.

소파에 잠든 알몸인 여자의 얼굴이 그의 망막에 맺힌다.

'김승희?'

현성의 소파 위 체공 시간은 그에게는 마치… 몇 분의 시간이 주어진 듯 그 순간 상황이 일목요연하게 정리되었다.

그가 소파 뒤로 넘어가면 김승희는 죽음을 면키 어렵다.

그의 손이 번개처럼 김승희의 가느다란 팔을 움켜잡았다.

남녀의 몸은 접촉이 이루어진 순간 눈앞에서 감쪽같이 사라졌다.

두 번째 공간 이동!

흥분한 자들의 총알이 뒤늦게 날아와 최고급 가죽 소파에 뜨거운 구멍을 뚫어댔다.

탕탕탕탕탕—! 퍽퍽퍽퍽퍽!

놈들은 현성이 그 자리에 없다는 것을 눈치채지 못한 채 탄창이 빌 때까지 방아쇠를 당겼다.

마른침 넘어가는 소리와 침묵이 실내에 흘렀다.

"어, 어떻게 된 거야? 그 자식… 공간 이동을 두 번 연속 사용했어!"

수현의 얼굴에 경악이 떠올랐다.

다른 이들도 마찬가지였다.

스킬러 능력의 유형은 두 가지로 분류된다.

지속과 횟수다.

지속 능력은 하루에 1분을 넘을 수 없고, 횟수 능력은 하루에 1회를 넘을 수 없다.

그런데 그 공식이 지금 눈앞에서 와르르 무너졌다.

진화에 성공한 최초의 스킬러!

현성은 이제껏 그 누구도 해내지 못한 스킬러의 고유 능력을 향상시켰다.

이를 목격한 자들은 큰 충격에 빠졌다.

"모두 엎드리고 양손은 뒤통수에 올려라. 죽고 싶지 않다면."

김승희의 나신을 옆에 둔 현성의 쌍권총이 놈들을 겨냥하고 있었다.

놈들은 그제야 상황을 인식했다.

후회를 동반한 표정이 놈들의 얼굴에 떠올랐다.

타닥타닥타닥타닥—!

그때였다. 발 구름 소리가 이 공간을 향해 몰려들었다.

놈들의 원군이다.

현성은 재빨리 문을 걸어 잠갔다.

문의 소재는 단단하고 두꺼운 원목이다.

총알을 쏴대면 저 문은 몇 분을 버티지 못한다.

하지만 놈들은 감히 이곳으로 난입할 수 없으리라.

그리했다간…

"거기 강원도, 죽고 싶지 않으면 밖에 있는 놈들에게 전해. 얌전히 기다리라고."

고통에 신음하며 강원도가 소리쳤다.

"크흑, 밖에서 대기해! 아니, 다 내려가!"

당황한 목소리들이 두꺼운 원목의 문을 뚫고 들어온다.

놈들이 강제로 진입할까 싶어 강원도는 다시 한 번 소리쳤다.

그제야 놈들이 물러가는 소리가 들렸다.

주지육림의 난장판을 훑어본 현성의 눈빛이 차갑게 변했다.

여자들이 하나둘 깨어났다.

다들 흐리멍덩한 표정과 눈빛이다.

다행히 말귀는 알아듣는다.

현성은 여자들을 작은 방으로 들어가라고 지시했다.

여자들은 고분고분했다.

"으음……."

나직한 신음과 함께 현성이 구한 김승희가 깨어났다.

그녀 역시 앞의 여자들과 표정이 비슷했다.

승희의 나신은 거북이 등딱지처럼 멍과 손자국이 다닥다닥 덮고 있었고 하체엔 강간과 학대의 흔적이 역력했다.

현성이 한눈을 판 사이 강원도를 제외한 놈들이 한데 뭉치더니 눈 깜짝할 사이에 종적을 감추어 버렸다.

총기가 아닌 스킬러의 능력을 사용하여 현성을 제압할 생각을 놈들은 하지 않았다.

이는 어쩔 수 없는 선택이다.

특수국 요원들이 분명 총소리를 들었을 테니 이곳으로 쳐들어올 공산이 농후하다.

놈들은 현성과 달리 스킬러의 단점을 극복하지 못했다.

그랬기에 놈들의 선택은 탈출밖에 없었다.

"나, 난!"

홀로 버려진 강원도의 당황한 외침만이 메아리처럼 허무하게 실내를 떠돌았다.

제22장
무딘 남자와 상냥한(?) 여자

　현성은 승희와 강원도를 데리고 소백산 은신처로 돌아왔
다.

　깊은 산중은 제대로 된 길이 없는 데다 풍경만으로 이곳이
어디인지 알아보기는 힘들다.

　김승희를 자매에게 맡긴 현성은 겁에 질린 강원도를 꽁꽁
묶어 창고에 던져 놓았다.

　두 사람의 등장은 자매에게 만감을 주었다.

　희연은 노골적으로 김승희를 적대한 반면 배신감을 느꼈
을 아연은 친구의 망가진 모습에 슬픔과 안타까움을 드러냈다.

이틀 후 현성은 김승희를 대구 그녀의 집 근처에 데려다 주었다.

"가, 감사합니다."

승희의 얼굴엔 자괴와 자책이 두껍게 깔려 있었다.

그녀가 흘린 속죄의 눈물은 소백산 골짜기 하나쯤은 너끈히 채울 양이었다.

그녀에 대한 희연의 분노는 진심 어린 그녀의 눈물 앞에서 꺼져 버렸다.

그녀는 아픈 어머니와 가족을 위해 우정을 팔았다.

가족이란 이름 앞에선 누구나 자유롭지 못하다.

승희 역시 그러했고 자매도 그녀의 처지와 선택을 질타할 수 없었다.

"누나!"

홀로 집을 지키던 승희의 남동생이 저만치서 달려왔다.

현성은 승희의 동생을 힐끗 본 뒤 배낭 하나를 그녀의 손에 쥐여 주었다.

희연이 현성에게 부탁한 것이다.

"가져가라. 그리고 모든 걸 잊어라."

승희의 망막은 다시금 눈물로 차올랐다.

그녀가 눈물을 훔치고 현성을 찾는다.

그 어디에도 현성은 없었다.

'고맙습니다. 고맙습니다. 흑흑.'

남매는 서로 부둥켜안았다.

아이가 터뜨린 반가움의 눈물이 승희의 가슴을 촉촉하게
적셨다.

*   *   *

승희를 데려다 준 현성은 민연을 만났다.

현성의 안위를 내내 걱정했던 민연은 그의 무사함을 보곤
크게 안도했다.

"별장에선 총성이 들리지, 현성 씨는 찾아봐도 없지. 제가
그날 얼마나 당황하고 놀랐는지 아세요? 아직도 그때 생각하
면 눈앞이 깜깜하고 가슴이 벌렁거려요."

현성은 무심결에 그녀의 가슴을 보았다.

그녀의 가슴은 컸다.

자매와는 급이 다르다.

그의 눈길을 느낀 민연의 얼굴이 홍당무가 되어 무거워졌
다.

부끄러움에 고개 숙인 그녀를 보자 현성은 그제야 자신의
실수를 깨달았다.

당황하여 허둥거릴 법한 데도 그는 그런 기미를 전혀 드러내지 않았다.

"죄송합니다."

무뚝뚝한 그의 사과에 민연은 힘이 쭉 빠졌다.

그의 표정을 재빨리 훔쳐본 민연은 의식되는 제 가슴을 무시하기 위해 부단히 노력했다.

그러곤 필요 이상으로 목소리 톤을 높였다.

"어쨌든 무사하니 다행이에요. 그런데 왜 약속을 어기고 안에 들어간 거죠? 설마 저를 믿지 못한 건가요?"

"상황이 급박했습니다."

현성은 당시의 상황을 설명했다.

그의 설명은 길지 않았다.

놈들이 도주하려 했기에 잡았을 뿐입니다! 그가 한 설명의 전부였다.

"공간 이동 스킬러들이 문제네요, 문제. 현성 씨는 마왕급 문제아구요."

민연의 표정엔 장난기가 다분하다.

지난 이틀간 그로 인해 졸였던 마음, 화났던 마음은 그를 만나자마자 놀랍도록 빠르게 녹아 없어졌다.

좋아하는 마음, 사랑하는 감정이 자신을 바보로 만드는 것 같다.

바보가 되어가는 자신. 하지만 이런 자신이 민연은 싫지 않았다.

옅은 홍조를 띤 민연의 손가락이 꼬물거렸다.

그녀의 손가락은 길고 하얗다.

현성은 민연의 손처럼 예쁜 손을 본 적이 없었다.

잠시 이에 눈길을 주던 현성은 곧 눈길을 거두었다.

좀 전과 같은 어색한 분위기가 생길까 봐서다.

내색은 하지 않았으나 좀 전엔 그도 살짝 당황했었다.

끔뻑끔뻑.

민연이 현성을 노골적으로 쳐다본다.

위트 넘치는 자신의 유머에 그녀는 현성의 반응을 기대했다.

그런데 무심한 저 남자는 멀뚱멀뚱 쳐다보기만 한다.

"미, 미안해요. 난 그런 뜻에서 한 말이 아닌데."

넌 나쁜 놈이야! 그것도 마왕급! 민연은 자신의 말을 현성이 이런 식으로 오해해서 듣지 않았을까 생각했다.

느닷없이 욕을 먹었으니 당황했으리라.

그래서 민연은 재빨리 사과했다.

혼자 북 치고 장구 치고… 참으로 바쁜 민연이다.

피식.

현성이 웃었다.

"아! 현성 씨, 웃은 거죠?"

민연은 현성의 웃은 횟수를 정확하게 기억했다.

왜냐면 다섯 손가락으로 충분히 셀 수 있기 때문이다.

현성은 바보가 아니다. 그저 무신경할 뿐이다.

그의 무신경이 이 순간 힘을 잃고 무너졌다.

'내가 편해졌나 보군.'

이것이 현성의 한계다.

"다른 놈들은 놓쳤습니다. 대신 목표했던 강원도는 붙잡을 수 있었습니다. 제 은신처에 가두어뒀습니다."

그와 좀 더 개인적인, 영양가는 없더라도 다른 이야기를 하고 싶었던 민연은 길이 바쁜 길손처럼 바삐 구는 현성의 성급함에 맥이 쭉 빠졌다.

"그래도 다행이에요. 강원도란 자를 생포했다니까. 우린 소득이 없었어요. 잔챙이들만 잡았죠. 아! 그리고 놈들과 결탁한 대구시 공무원과 군경의 간부들을 체포했어요. 뉴스 보셨어요?"

"아직 못 봤습니다."

민연은 특별 기동대가 총성을 듣고 별장을 공격한 이후의 일들을 꼼꼼하게, 그리고 자세하게 들려주었다.

"별장 지하 창고에 고급 와인과 식료품, 그리고 생필품이 가득했어요. 한쪽엔 총기류와 폭탄이 발견됐죠. 들어보니 일개 대대를 무장시킬 수 있는 양이라더군요. 무기의 출처에 대한 조사가 이루어지고 있어요. 일부 무기는 국내에서 난 것이 아닌 밀수품이라고 들었어요."

"…그렇군요."

현성의 시큰둥한 반응을 본 민연은 그가 수다스러운 여자를 질색하는 게 아닐까? 하는 생각이 들었다.

그렇다면 자신은 그의 이상형과는 동떨어진 게 아닌가.

하지만 그 앞에서 본래의 자신처럼 행동했다간 말 한마디 붙이지 못한다.

난감지경!

민연이 느끼는 현재의 심정이다.

"음… 제가 말이 너무 많은가요?"

"예."

그의 대답은 민연의 얼굴에 부끄러움과 황당함이란 불길을 지폈다.

낙심한 그녀의 모습에서 현성은 내심 아차 했다.

잠시 다른 생각을 하다 무심결에 대답했을 뿐이었다.

그런데 지금 생각해 보니 자신의 대답은 '넌 너무 말이 많아! 이 수다쟁이야!' 와 같은 식으로 상대에게 받아들여질 수 있었다.

"잠시 딴생각을 했습니다. 사과드리죠."

민연은 좀 전의 그의 비수 같은 대답보다 지금의 깍듯한 그의 사과에 더 상처받았다.

자신과 있는 시간이 얼마나 지루하고 짜증 났으면 사람을 앞에 세워두고 딴 생각을 할까? 과거 자신에게 대시하던 남자들에게 진심으로 사과하고 싶어지는 민연이었다.

너는 짖어라, 나는 달린다!

이 마인드로 그녀는 대시한 모든 남자를 스스로 나가떨어지게 만들었다.

쓸쓸히 돌아선 그들의 상처 따위 전혀 생각해 보질 않았었다.

하지만 지금 당해보니 그게 참으로 잔혹한 짓이었음을 알게 되었다.

'벌 받는구나!'

앞으론 분명하게 자신의 뜻을 진심을 다해 전하리라.

"매너가 헐이네요, 현성 씨."

진지해졌다간 비참해질 것이다.

그럴 바엔 가볍게 이 상황을 풀어 나가리라.

혀까지 쏙 내민 민연의 태도에 현성은 그녀가 대수롭지 않게 여기는 것으로 생각했다.

한결 마음이 편해진 현성이다.

"참, 강원도에겐 아직 아무것도 묻지 않았습니다. 놈이 조바심을 느낄 때까지 기다릴 생각입니다. 놈에게서 정보가 나오면 민연 씨에게 알려 드리겠습니다."

민연은 내심 큰 한숨을 내쉬며 대답했다.

바람이 된 남자다. 지금은 보내주어야 한다.

"알겠어요. 연락 기다리죠."

이 말을 끝으로 현성은 인사 한마디 없이 바람처럼 사라졌다.

휘이이이잉.

3월의 바람이 상냥한 여심을 할퀸다.

'두고 봐. 당신이 먼저… 내게 고백하게 만들 거야. 선우현성, 이 나쁜 놈.'

*　　　*　　　*

총상을 당했던 강원도는 아연의 치유 능력으로 말끔하게 회복됐다.

큰 고통에서 해방되었지만 녀석은 이를 마냥 좋아할 수 없었다.

자신의 처지를 깨닫고 있었기 때문이다.

가중되는 부담감과 두려움이 강원도의 입을 가볍게 했다.

"왜, 왜 날 잡아온 거지? 날 어찌할 속셈이지?"

현성은 놈의 질문에 대답하지 않고 빤히 응시하기만 했다.

불안한 놈이 먼저 움직이고 목마른 놈이 우물 파는 법이다.

"넌 반드시 후회하게 될 거다. 지금이라도 날 풀어준다면 내가 상부에 얘기 잘해줄 수 있어. 그러니까 협상하는 게 어때? 누추한 이곳 생활과는 비교도 할 수 없는 호화로운 생활을 약속할 수 있어. 그러니까 좋게 좋게 일을 풀어 나가자고."

현성의 반응을 기대했던 원도는 그의 무심한 태도에 곧 실망했다.

강원도는 사람이 아닌 돌부처와 마주 앉아 이야기하는 기분마저 느꼈다.

침묵하는 자의 눈길.

조바심이 다시 치솟는 강원도다.

"우린 전국구야, 전국구! 전국에서 활동 중인 대부분의 무법자 조직이 우리 산하에 있어! 우리와 적대시해 봐야 너만 손해란 말이야."

무법자들의 조직이 연계되어 있음을 파악한 국정원은 극비리에 이를 수사 중에 있었다.

대외에 알려지지 않은 그 비밀을 조급한 마음에 강원도가 먼저 불었다.

"그렇군."

처음으로 현성은 내내 유지하던 침묵을 깼다.

하지만 그의 반응은 시큰둥한 느낌을 준다.

이미 알고 있던 정보였다는 듯.

멀찍이서 두 사람을 주시하는 두 쌍의 눈길이 있다.

하나는 아연이었고, 다른 하나는 희연이었다.

"언니, 아저씨 왜 저래? 물어볼 말이 있으니까 저 자식 잡아온 거 아냐? 그런데 왜 아무것도 묻지 않는 걸까?"

"음… 오빠에게 생각이 있지 않을까?"

"쳇, 나 같으면 일단 족친 다음에 물어볼 거야."

과격한 희연의 발언에 아연은 걱정이 가득한 눈으로 여동생을 바라보았다.

"넌 어쩜 점점 남자애처럼 과격해지니?"

"난 남자로 태어나지 않은 게 원망스러워."

희연의 목소리엔 뼈가 담겨 있었다.

"뭐?"

"아냐, 됐어. 그런데 너무 지루하다. 난 그냥 수련이나 하러 갈래."

특별한 일(?)을 기대하며 지켜보았던 희연은 흥미가 떨어진 표정으로 발길을 옮겼다.

아연도 곧 집으로 돌아갔다.

현성과 강원도, 단둘만 남았다.

"지금처럼 계속 이야기해 주었으면 좋겠군."

"뭐?"

강원도는 상대의 심리전에 말려들었다는 것을 그제야 깨달았다.

자존심이 와락 구겨졌지만 되돌아가기에는 너무 먼 길을 와버렸다.

현성은 본격적인 심문에 들어갔다.

그전에 놈에게 한마디 한다. 몹시 진지하게.

"너에겐 돌아갈 곳이 없을 거야, 내가 널 곱게 풀어줘도."

상대의 약해진 마음을 파고드는 고단수의 협박.

"나쁜 새끼!"

패배를 자인한 강원도의 힘없는 욕설이다.

*　　　*　　　*

강원도가 토해낸 정보는 국내에서 활동 중인 무법자들의 상위 조직 이름과 산하 조직의 거점 몇 군데가 고작이었다.

하지만 그 세력만 뿌리 뽑아도 국내 상황은 한결 좋아질 것이다.

놈들과 뜻을 함께한 스킬러들에 대해 놈이 아는 것은 거의 없었다.

현성이 봤던 스킬러들은 큰 건이 있을 때나 나타나거나 혹은 휴가 차 거점에서 놀다 간다고 했다.

현성이 별장에서 봤던 스킬러들이 바로 후자의 경우였다.

'개를 때리면 주인이 나온다고 했던가?'

현성은 자유무장전선의 산하 조직의 거점을 일일이 치기로 결심했다.

현성은 단물 다 빨아 먹은 강원도를 악랄하기로 유명한 북한의 정치인 수용소 한가운데 던져 버렸다.

그는 살려주겠다는 약속을 지킨 것이다.

"야, 이 개자식아~!"

개처럼 울부짖는 당황한 강원도다.

*   *   *

울산 ○○○.

무법자 조직의 근거지.

어둠이 깔린 이곳으로 한 남자가 들이닥쳤다.

남자는 화력을 놈들의 근거지에 쏟아부었다.

폭음과 불꽃이 일어나고 죽음의 행진곡이 울려 퍼졌다.

탕탕탕―!

두두두두두―!

남자를 향한 무법자들의 반격도 만만치 않다.

총알이 비 오듯 난무했다.

단단한 콘크리트 벽면에 흉한 구멍이 숭숭 뚫렸다.

돌가루, 화약 냄새, 흥분한 자들의 악다구니가 쉴 새 없다.

"개새꺄! 너 누구야?"

퍽퍽퍽.

무법자들을 향해 총을 쏴대던 남자는 놈들의 반격을 피해 콘크리트 기둥에 몸을 붙였다.

떨어져 나가는 돌가루, 귀청을 때리는 총성.

철컥. 투욱.

빈 탄창이 남자의 권총에서 떨어졌다.

남자는 익숙한 동작으로 새 탄창을 장착했다.

무법자들의 공격이 잠시 소강상태를 이루었다.

그 틈에 남자는 돌기둥에서 앞쪽 돌기둥으로 몸을 날려 숨기며 총을 난사했다.

탕탕탕탕탕—!

"지원 요청은?"

"곧 온답니다."

"시발, 하필 전력이 다 빠져나간 상태에서 공격받다니."

침입자는 단 하나. 거점을 지키는 인원은 124명.

어처구니없게도 단 한 명을 상대로 124명이란 무장 인원이

밀린다.

이는 남자가 지형의 이점을 선점했기 때문이다.

두 명의 무법자가 침입자를 타격하기 좋은 위치로 움직였다.

동료의 지원사격이 있었기에 놈들은 안전했다.

하지만 놈들은 목표한 지점에 도착하기 직전 날아온 총알에 얼굴과 머리가 꿰뚫려 즉사했다.

"이런, 개썅!"

거점 책임자의 입에서 욕설이 터졌다.

침입자는 들이닥치자마자 말없이 총알만 퍼부었다.

침묵하는 놈의 총알은 자비를 모르는 사신의 정확한 낫과 같았다.

한 방에 한 명.

소름 끼치도록 냉정한 심보에 사격 솜씨는… 명품이었다.

'특공대 출신인가?'

단 한 명의 침략을 막아내지 못해 쩔쩔매는 이 상황에 책임자는 화가 치밀어 올라 미칠 지경이었다.

그들만 있었다면! 아쉬움이 책임자의 얼굴에 떠오른다.

총을 튕겨내는 자, 번개처럼 움직이는 자, 화염방사기처럼 불을 뿜아내는 자 등등.

스킬러라 불리는 초능력자들.

보스가 그들 모두를 어딘가로 보내 버리지만 않았어도 이 개 같은 상황은 초반에 진압되었으리라.

이곳을 침입한 남자. 그는 선우현성이었다.

철컥, 투툭.

빈 탄창이 현성의 권총에서 떨어져 바닥을 친다.

그 소리의 여운이 채 가시기도 전에 권총의 허전한 속을 알이 꽉 찬 새 탄창이 대신했다.

무법자를 향한 현성의 쌍권총은 쉴 새 없이 불을 뿜었다.

획.

재빨리 벽면에 등을 기댄 현성은 손목시계를 들여다보았다.

"올 때가 됐군."

능력이 대단한 현성이다.

하지만 바퀴벌레처럼 득시글거리는 놈들을 홀로 쓸어버리기에는 무리다.

놈들을 한 방에 폭사시킨다면 또 모를까.

현성은 이곳을 치기 전 미리 민연과 승진을 만나 계획을 세웠다.

이제 자신이 빠지고 그들이 등장할 때다.

"시발, 모두 돌진해! 뒤로 빠지는 새끼는 배신자로 간주하겠다!"

머뭇거리는 몇몇을 본보기로 죽인 놈이 악악거렸다.

배신자로 낙인찍히는 것보다는 총 맞아 죽는 게 낫다.

운이 좋아 침입자를 자신의 손으로 죽인다면 조직 내에서 서열이 올라갈 수 있다.

인생을 도박이라 생각하는 가련한 하루살이 인생들이 돌진한다.

"저 개새끼 죽여!"

탕탕탕탕!

"저 새끼가 여기가 어디라고. 조져!"

"와아아아!"

현성이 몸을 은폐한 곳은 놈들의 집중사격으로 순식간에 넝마가 되어버렸다.

그의 공격이 없어지자 놈들은 악을 써대며 현성이 몸을 숨긴 곳으로 일제히 달려 나갔다.

잠시 숨을 고르던 현성은 놈들을 향해 준비한 수류탄을 투척했다.

"수, 수류탄이다!"

두 발의 수류탄이 놈들을 화끈하게 맞이했다.

건물을 붕괴시킬 듯한 파괴력과 거대한 굉음으로.

콰아아아아ㅡ앙!

"크아아아아악!"

"아아아악!"

몸뚱이가 찢겨 나가는 자.

사지가 바스러져 떨어진 자.

내장을 흘리고 뇌수를 쏟아내며 쓰러지는 자.

두 발의 수류탄이 끔찍한 지옥도를 그려냈다.

탕탕탕탕—!

비명과 악다구니로 가득한 장내로 뛰어든 현성의 권총이 불을 뿜었다.

고통에 찬 신음이 끊어지고, 애절한 호소가 사라지고, 악다구니와 독려의 음성이 잦아들었다.

'퇴장할 시간이군.'

단신으로 무법자의 본거지를 타격한 현성은 그 자리에서 자취를 감추었다.

무법자들은 그제야 한숨을 돌릴 수 있었다.

그 시간은 짧았다.

들이닥친 특별 기동대와 특전사들이 놈들의 숨통을 물어 버렸기 때문이다.

"시… 발!"

좌절과 허무로 채워진 욕설이 무법자들의 입에서 마치 합창처럼 터져 나왔다.

"튀어!"

　　　　*　　　　*　　　　*

　창을 스며든 달빛이 현성의 얼굴을 어루만지듯 비춘다.

　소백산의 야조는 오늘따라 유난스레 구슬피 운다.

　해가 뜨려면 아직 한참인 시각.

　스르륵.

　현성이 눈을 떴다.

　잠에서 갓 깬 눈빛치곤 또렷하고 맑다.

　꿈에서 현성은 외조부를 보았다.

　꿈의 형식을 띤 기억이었다.

　외조부와 함께 약초를 캔 뒤 계곡에 앉아 점심을 먹고 있었
다.

　물놀이하는 자신을 인자하게 바라보던 외조부가 흥에 겨
운지 창로 한 음성으로 노래를 불렀다.

　깬 지금도 외조부의 그 노랫가락이 생생했다.

　인생은 잎사귀를 스치는 바람이라.

　사람의 인생이 머문 잎사귀도 한 계절을 넘기지 못하는데

　고작 스쳐 가는 인생은 말한들 무엇할까.

스윽.

상체를 일으킨 현성은 손에 담긴 달빛을 눈길로 좇았다.

검푸른 밤하늘을 지키는 달이 오늘따라 참 외로워 보인다.

누워 있어 봐야 쓸데없이 뒤척이다 새벽을 맞겠지 하는 생각이 들자 현성은 마당으로 나왔다.

텃밭, 창고, 닭장, 집, 울타리 구석구석 현성의 시간과 땀이 녹아 있다.

창고 옆에는 만들다 만 평상이 귀퉁이마다 기둥을 붙잡고 있다.

평상 형태의 원두막을 만들 생각에 이틀 전부터 틈틈이 작업 중이었다.

저것이 완성되면 낮에는 그늘 아래서 풍경을 볼 수 있을 것이요, 밤이면 모깃불 피워놓고 운치를 만끽하며 식사도 할 수 있을 것이다.

예전 외조부가 그랬듯 술 한잔하는 것도 그리 나쁘지는 않을 테고.

찬찬히 주변을 둘러보던 현성은 고개를 들었다.

촘촘한 별들이 마치 금세라도 쏟아질 듯했다.

저 멀리 긴 꼬리를 휘날리며 별똥별이 떨어졌다.

삐걱.

얇은 잠옷 차림의 아연이 문을 열고 나왔다.

"오빠."

차민연이 도시적인 느낌이 물씬 드는 육감적인 미녀라면 아연은 청초함과 차분함이 어우러진 동양적인 미인이다.

남자라면 누구나 바라는 그런 여복(女福)을 현성은 누리고 있었다.

"뭘 그리 빤히 봐요?"

홍조를 얼굴에 살짝 띠고 부끄러운 몸짓으로 잠옷 앞섶을 만지작거리는 아연의 자태는 남자에겐 참기 힘든 충동을 느끼게 한다.

백이면 백 그럴 것이다.

"자지 않고 왜 일어났어?"

그 백이면 백에 현성은 포함되지 않는가 보다.

여전한 무표정과 무뚝뚝한 음성이 깨어지지 않는 걸 보면.

"그런 오빠는요?"

"낮잠을 과하게 잤나 봐."

"후훗, 그런데 저 평상 언제 완성돼요?"

현성의 눈길을 의식한 아연이 황급히 고개를 돌렸다.

콩닥콩닥.

남자의 마음은 평온한 호수와 같고 소녀의 마음은 이 순간 파도와 같다.

"하루나 이틀, 그쯤 걸리지 않을까 싶어."

"완성되면 마당에서 밥 먹고 책 읽고 하면 좋을 것 같아요. 지붕이 있으니까 비가 와도 문제없을 테고. 완성이 기다려져요. 호호."

갑자기 활달해진 아연의 태도가 현성은 이상했다.

잠시 그녀의 얼굴을 빤히 응시하다 현성은 곧 고개를 돌렸다.

그의 눈길에 아연은 정말이지 얼굴이 불타 버리는 느낌이었다.

그의 눈길에서 해방된 아연은 안도의 한숨을 내쉬다 현성의 질문을 받았다.

"넌 이곳 생활이 마음에 들어?"

아연은 얼마 전 친구 김승희에게 닥친 불행을 알게 되면서 세상에 나가 살고 싶은 마음이 크게 꺾였다.

반면 희연은 점점 산속 생활을 답답하게 여겼다.

희연이 밖으로 나간다면 아연 역시 제 동생의 뒤를 따를 것이다.

"저는 여기가 무척 마음에 들어요."

세파에 시달린 노인이 고향을 찾듯, 빡빡한 도시 생활에 지친 자들이 전원생활을 꿈꾸듯, 이른 나이에 소녀 가장이 된 아연의 마음은 상처투성이였다.

그녀의 그 상처를 자연은 말없이 보듬고 돌봐주었다.

그래서 지금의 그녀는 마음이 담긴 웃음을 지을 수 있게 되었다.

"나도 여기가 좋다."

어깨를 나란히 하고 선 남녀는 함께 밤하늘을 올려다본다.

아연이 손을 꼼지락댔다.

그러다 용기 내어 현성의 손을 살며시 잡으며 그의 눈치를 살폈다.

콩닥콩닥.

잠시 아연을 돌아본 현성은 떨림이 느껴지는 그녀의 손을 부드러운 힘으로 잡아주었다.

그러곤 나직한 목소리로 말했다.

"이곳은 너의 집이야."

아연의 심장은 그의 목소리에 녹는다.

*   *   *

세상을 살다 보면 제 의지대로 되지 않는 일들이 수두룩하다.

그중 예측하기 힘든 것 중 하나가 남녀 간의 애정이 아닐까 싶다.

승진은 민연을 연모했지만 그 마음을 적극적으로 드러낼

수는 없었다.

그녀의 마음속에 이미 다른 남자가 자리 잡고 있음을 알기 때문이다.

그것도 형 동생 하며 지내는 녀석이.

'그래도 포기는 이르지.'

운전대를 잡은 승진의 두 손에 힘이 불끈 들어갔다.

민연은 복잡 미묘한 표정으로 내내 창밖만 바라보고 있었다.

승진은 바랐다.

언젠가 저 여인의 따뜻한 눈길이 자신에게만 머물기를.

"험."

승진의 헛기침이 민연의 상념을 깬다.

화장기 없는 새하얀 민연의 민얼굴이 달콤한 향기를 발산하며 승진을 향했다.

1미터도 안 되는 짧은 거리에서 바라본 민연의 얼굴은 승진의 심장을 거칠게 뛰게 했다.

저 미지의 순백 설원에 들어갈 수 있다면 죽음도 불사할 텐데. 하지만 현실은 자신의 죽음으로도 뛰어넘을 수 없는 거대한 강이 흐르고 있다.

이것이 못내 안타깝고 한편으론 슬펐다.

목마름은 결코 침으로 달랠 수 없듯 민연을 향한 승진의 마음 역시 자기 절제로 다듬어지는 그런 류의 것이 아니었다.

"저… 승진 씨."

"아, 예, 민연 씨."

"국장님 일은 현성 씨에겐 비밀로 해주세요."

"녀석이 알아봐야 골치만 썩겠지요. 그러겠습니다."

한때 사회문제로 인식되었던 스킬러들은 그 위상이 이전과 크게 달라졌다.

그 위상에 걸맞게, 그리고 세계적인 추세에 발맞추기 위해 특수국은 강력한 권한을 가진 독립기관으로 발돋움하고 있었다.

정치권과 각계에선 특수국이 독재의 칼자루가 되는 걸 우려했다.

그래서 주요 간부진의 인선에 중립과 공정성을 요구했다.

문제는 모두를 만족시킬 수가 없다는 데 있었다.

합의가 절실한 시점이다.

그런데 현 상황은 합의는커녕 몸싸움과 성토와 비방으로 점철되고 있었다.

이러한 충돌로 가장 큰 피해를 보고 있는 인물이 민연의 아버지 차기수 국장이다.

"늘 승진 씨에게는 고마워요."

"고맙긴요. 우린 파트너 아닙니까, 파트너."

"고마워요, 파트너 씨."

민연이 승진을 향해 웃어주었다.

머엉.

이슬을 머금은 오월의 장미처럼 아름다운 여인. 그 여인이 자신을 향해 미소 지어준다.

이 끝에 허무함과 공허함만이 남더라도 이 순간은 마냥 행복한 승진이다.

부아아아앙.

승진과 민연이 탑승한 차량이 저 멀리 사라지는 것을 누군가 지켜보고 있었다.

"3지점으로 병아리 이동. 수리6에 작업 인계. 이상."

"수리6 작업 인수. 이상."

의문의 교신이 불안한 미래를 예고한다.

*   *   *

하루가 다르게 햇살은 온기를 더해가고 있었다.

녹색의 기운이 피어나는 도심 속 녹지 공원. 예전 이곳에는 많은 이들이 나와 운동을 하고 연애를 하고 휴식을 취했다.

그랬던 도심 속 휴식처인 이곳은 몇 달 전부터 누구도 찾지 않는 버려진 황무지가 되어버렸다.

버려진 도심 속 황무지.

그런데 이곳을 최근 주기적으로 이용하는 자들이 나타났다.

큼직한 배낭을 옆에 세워둔 남자가 벤치에 앉아 있었다.

주변은 사람의 그림자도 없다.

햇살에 그슬린 구릿빛 피부, 매처럼 매서운 눈매에 묵직한 눈빛을 지닌 남자.

그는 사람들에게 극단적인 인물로 기억되고 있는 선우현성이었다.

승진과 민연을 실은 차량이 공원 외곽 주차장에 멈췄다.

차량에서 내린 남녀는 주변을 경계의 시선으로 훑어본 뒤 약속 장소로 발걸음을 옮겼다.

한적하다 못해 적막한 공원.

"언젠가는 방치된 이 공원도 사람들의 손길이 닿는 날이 오겠죠."

승진이 민연에게 말을 붙였다.

"그런 날을 위해 우리도 열심히 노력하고 있잖아요."

단조로움과 치열함이 복잡한 체계 속에서 반복적으로 돌아갔다.

그곳은 법과 질서가 적어도 겉으로는 지켜지고 있었다.

하지만 그랬던 세상의 질서는 강진과 후이넘의 출현에다

무법자의 난립으로 위기에 직면했다.

공포는 절망을 낳았고 절망은 폭력을 동반한 이기심과 적대감으로 발전했다.

살인, 강간, 약탈, 테러, 자살 등은 전 인류를 파멸의 위기로 내몰았다.

천만다행하게도 꺼져 가던 그 질서의 불꽃이 최근 되살아나고 있었다.

대다수 사람들이 내일—희망—의 문을 닫지 않았기에.

"파이팅 해봐요, 민연 씨."

하이파이브를 위해 승진이 손바닥을 들었다.

하지만 여기에 맞장구쳐 줄 민연의 눈길은 그를 떠나 한 남자에게 일찌감치 고정되어 버렸다.

머쓱해진 승진이 손으로 부채질을 하며 내렸다.

그 모습이 참 어색하고 불쌍하다.

"현성 씨!"

환한 미소로 민연이 현성을 향해 바삐 걸었다.

멀어져 가는 민연의 등이 평생 자신이 바라봐야 할 모습일지 모른다는 생각이 승진의 머릿속에서 떠나지 않는다.

접자, 접어! 이리 다짐해도 민연과 만나면 승진의 결심은 늘 허물어진다.

그리고 그 허물어진 마음의 파편에 가장 아플 때는 바로 이 순간이었다.

현성을 향한 민연의 마음.

스윽.

벤치에서 일어선 현성이 민연과 승진을 맞이했다.

"오래 기다렸어요? 일찍 오려고 했는데 중간에 일이 생겨서 늦었어요."

현성을 향한 민연의 살가운 태도는 승진의 마음에 구김을 만든다.

어색한 표정으로 승진이 현성을 봤다.

"많이 기다렸냐?"

"아뇨, 그런데 일이라뇨?"

승진이 민연을 힐끔거리다 곧 대수롭지 않다는 듯 적당히 둘러댔다.

세 사람은 나란히 현성을 중심에 놓고 앉았다.

현성과 최대한 가까이 앉은 민연과는 반대로 승진은 그와 거리를 두고 앉는다.

'부담스럽군.'

승진이 자신을 대하는 태도가 점점 변해가는 것을 현성은 알아차리고 있었다.

그 이유가 무엇 때문인지도 안다.

하지만 그 이유를 현성이 나서서 해소해 줄 수는 없었다.

거절이 무서워 승진이 민연에게 고백 못 했듯이 민연 역시 자신의 사랑이 거절당할까 봐 현성에게 고백하지 못했다.

서로가 확실하게 묻고 답했다면 모를까 그렇지 않다 보니 먼저 나서서 말하기가 다들 애매한 상황이다.

"현성 씨."

"예."

"얼마 전에 대남 매체가 월북 용사란 타이틀로 방송한 게 있었어요. 근데 그 용사가 누군지 아세요?"

"음… 강원도?"

"그래요. 강원도 바로 그 작자지 뭐예요."

승진이 피식거리며 끼어든다.

"현성이, 네가 그 녀석 잡았다고 하지 않았냐?"

"제 책임이 크군요."

두 사람은 그의 대답에 대소했다.

남북 관계는 세상이 극도로 나빠진 지금, 이전보다 더 평화로웠다.

예민한 시국이라 다들 작은 마찰이 거대한 불길로 번질 수 있음을 자각했기 때문이다.

요즘은 제 발등에 떨어진 불을 끄기에도 다들 바쁘다.

"설마설마했는데 역시 너였군. 그 자식 마음고생깨나 했겠어. 킥킥."

승진이 웃는다.

"기발한 생각이었어요, 현성 씨. 호호."

민연도 웃는다.

본인들이 그곳에 떨어졌다면 절대 웃지 못했으리라.

그리고 강원도처럼 월북 용사라는 타이틀도 얻지 못했으리라.

그런 점에서 볼 때 강원도… 대단한 놈이 아닐 수 없다.

현성은 남녀가 진정되기를 기다린 뒤 입을 열었다.

"수사는 어떻게 진행되고 있습니까?"

정치인, 언론인, 군 장교에 중앙과 지방 공무원까지 많은 이들이 무법자들과 직간접적으로 결탁했다.

문제는 그들에 대한 심판이 미칠 사회적 파장이었다.

이를 우려했기에 정부는 이를 비밀리에 처리하려 했다.

정부의 비밀주의를 지탄하던 언론이 이 일에는 적극 동조하고 나왔다.

검찰이 이번 사건을 맡아 처리 중이다.

"사회적 파장을 고려해서 비밀리에 수사 중이래. 지금까진 잔챙이들만 모가지 날아간 상태고. 이번 무법자 소탕에서 스킬러는 단 한 명도 체포하지 못했다. 기회는 있었지만 그놈의 공간 이동 스킬러가 데리고 튀는 바람에. 휴우."

"현성 씨, 걱정 말아요. 검찰과 별도로 스킬러에 대한 조사는 특수국이 독자적으로 하고 있어요. 그러니까 분명 좋은 소식이 있을 거예요."

"그래, 현성아, 분명 좋은 소식이 있을 거야."

현성은 묵묵히 고개만 끄덕일 뿐 별말 하지 않았다.

이런 그의 머릿속은 차분한 기다림이 필요한 시기라고 말하고 있었다.

적이 신중하다면 그에 맞춰 이쪽도 신중해질 필요성이 있다.

"두 분께는 늘 신세만 지고 있습니다. 감사합니다."

"우리 사이에 무슨 소리냐. 그리고 감사는 오히려 나와 민연 씨가 네게 해야 할 걸."

"무슨?"

"네가 공을 우리에게 돌리는 바람에 승진의 기회를 잡았거든."

"축하할 일이군요."

자신을 위해 수고를 아끼지 않았던 남녀였다.

그들의 노고에 이번 일이 보탬이 되었다 하니 현성은 빚진 기분이 한결 가벼워졌다.

민연이 그를 바라보며 입을 열었다.

"앞으로 어쩔 생각이에요? 현성 씨."

"기다려야겠죠."

승진이 현성의 말을 곱씹어본다.

"기다린다라."

민연은 현성과의 정기적인 만남이 오늘로 끝이 아닐까? 하는 걱정을 했다.

이어진 현성의 말이 그녀의 걱정을 먼지처럼 날려 버렸다.

"오늘은 이만 돌아가 보는 게 좋겠습니다. 다음에 다시 뵙죠."

현성이 자리를 털고 일어섰다.

그때 번개처럼 등장한 불청객들이 이남일녀를 포위했다.

이들은 공간 이동 스킬러의 도움을 받고 이 자리에 나타난 것이었다.

"꼼짝 마라!"

"움직이면 발포하겠다."

깜짝 놀란 민연과 승진, 눈살을 찌푸리는 현성.

"양 팀장님!"

"팀장님이 어떻게?"

특별 기동대 소속 양철민 팀장. 그가 자신의 팀원과 특전사 대원들과 함께 현장에 나타났다.

배신이란 단어가 현성의 머리를 스쳤다.

하지만 두 사람의 얼굴에 떠오른 당혹감은 배신이란 단어를 저들에게 붙일 수 없게 만들었다.

푸슉.

"악! 현성 씨!"

"현성아!"

저격수가 현성을 향해 방아쇠를 당겼다.

다행히도 실탄이 아닌 마취 탄이었다.

현성은 시야가 뿌옇게 변하는 것을 느꼈다.

닫혀가는 흐릿한 시야에 웃는 남자의 얼굴이 잡힌다.

그 남자는 지금의 이 무리와 절대 어울리지 않는, 어울려서도 안 될 자였다.

'…경상도?'

털썩.

제23장
무자비한 탈옥수

　승진과 민연은 검찰이 마련한 특수한 시설에 감금된 상태였다.

　법적으로 현성은 수배자로, 그를 돕는 행위는 범인은닉죄에 해당한다.

　더욱이 두 사람은 공무원이란 신분으로, 그 죄가 일반인에 비해 훨씬 무겁다.

　현성과 이들의 만남은 카메라로 촬영되었고 그 자료는 특수국이 미처 손쓸 사이도 없이 언론을 통해 퍼져 나갔다.

　국정원의 묵인 없이, 권력을 쥔 자들의 개입 없이는 결코 그 영상이 그처럼 빠르게 퍼질 수 없었다.

타깃!

힘 있는 누군가가 방아쇠를 당긴 것이다.

"나 때문에 아버지가……."

민연은 몹시 괴로워했다.

이번 사태가 가져올 파장이 자신에게만 국한되지 않을 것임을 알기 때문이다.

더욱이 이번 사태의 중심에 서 있는 그가, 현성이 재탈옥했다.

호송 중에.

언론과 정계는 특수국 내부에 공모자가 있다는 식으로 문제를 풀어나갔다.

이를 문제 삼으며 그들은 특수국의 수장인 차기수 국장을 무능력자로 몰아갔다.

사실 현성과 두 사람의 관계는 국장과는 무관한 일이다.

승진과 민연은 수도 없이 이러한 사실을 밝혔지만 그 누구도 이들의 말을 들으려 하지 않았다.

심문관은 남녀에게 단 하나의 답만 원했다.

'국장도 이 일을 알고 있었다.' 라는 거짓 자백을.

"민연 씨, 용기 내세요. 진실은 꼭 밝혀질 겁니다."

민연이 감금된 감옥 철창 너머에서 단호한 목소리가 그녀를 찾아와 위로한다. 승진이다.

하지만 그의 단호함의 이면엔 민연 못지않은 두려움과 자책이 담겨 있었다.

걸려도 더럽게 걸렸다.

꼬여도 제대로 꼬였다.

다행히 서로의 얼굴을 볼 수 없었기에 승진은 자신의 두려움을 민연에게 들키지 않을 수 있었다.

"하지만 누구도 우리의 말을 귀담아들으려 하지 않잖아요. 저들은 우리에게서 저들의 입맛에 맞는 자백만 원하고 있어요. 법치국가에서 어떻게 이럴 수가 있죠. 이건 명백한 위법이잖아요."

부르르.

민연이 몸서리친다.

취조실로 끌려가 하루 열여섯 시간씩 토씨 하나 다르지 않은 질문만 받는다고 생각해 보라.

이와 같은 고문이 벌써 열흘째다.

육체의 고통은 없었지만 정신적인 고통은 말로 표현할 수 없이 컸다.

통제와 감시가 이루어지는 철창 안이 오히려 편했다.

"우리의 무죄는 반드시 밝혀질 겁니다."

언론은 현성과 남녀에 대해 악의적인 기사만 쏟아냈다.

개인은 판별력이 있지만 군중으로 묶이면 아둔해진다.

위정자들이 언론을 손에 넣으려는 이유가 바로 여기에 있다.

지금 언론은 누군가의 뜻에 맞춰 앵무새처럼 주입된 말만 지껄이고 있었다.

소수의 깨인 자들이 이의를 제기했지만 다수를 지배하는 자들에게 있어서 이들의 이의는 민주주의의 관용이 허락한 작은 목소리에 불과할 뿐이었다.

"현성 씨는 어떻게 됐을까요? 그가 정말 자력으로 탈출했을까요? 그때 그는 의식이 전혀 없었잖아요."

"민연 씨, 지금은 녀석 걱정보단 국장님과 우리 일을 걱정할 땝니다."

이 상황에서도 민연이 현성의 일을 더 걱정하자 승진은 화가 치밀었다.

이러한 감정이 저도 모르게 목소리에 실린다.

"미안해요, 승진 씨. 제가 고집만 피우지 않았다면 승진 씨가 지금 같은 처지는 되지 않았을 텐데."

"전 괜찮습니다. 지금 중요한 것은 이 사태를 원만하게 해결할 방법의 모색입니다. 그러자면 우린 더욱더 강해져야 합니다."

"하지만 여기선 우리가 할 수 있는 게 없잖아요."

"아뇨, 검찰이 언제까지 우리를 이런 식으로 대할 수는 없을 겁니다. 반드시 기회가 올 겁니다. 그러니 그때까지 우리는 견뎌야 합니다. 그 길만이 우리가 살길입니다. 그러니 힘내요, 민연 씨."

철창을 쥔 승진의 손에 힘이 부쩍 들어간다.

마음먹으면 이깟 쇠창살은 결빙시켜 단숨에 부숴 버릴 수 있다.

하지만 이 힘을 그런 용도로 사용했다간 두 번 다시 이 사회에 발붙일 수 없다.

'나는 현성이가 아니다!'

누군가에겐 쉬운 선택이 다른 누군가에겐 무척이나 어려운 결정이 된다.

승진에게 이 쇠창살은 선이다.

넘을 수 없는 선!

*   *   *

심한 갈증, 극심한 두통에 시야는 수증기가 얼어붙은 듯 몹시 답답하다.

사지엔 힘이 들어가지 않았고 몸뚱이는 수면에 던져진 돌덩이처럼 가라앉는다.

실제로 호흡의 곤란 증세까지 찾아왔다.

죽음!

울적하고 단호한 이 단어가 내내 불편을 겪고 있는 현성을 괴롭혔다.

영원처럼 계속될 것 같은 고통의 시간이었다.

빠져나와야 한다.

헤치고 저 빛을 좇아야 한다.

하나의 간절한 생각이, 의지가 거대한 화마의 씨앗처럼 현성에게서 자라났다.

생명을 향해 나아가려는 이 희미한 의지에 매달려 그는 무력감의 늪에서 발버둥 쳤다.

'아직… 나의 시간은 끝나지 않았다!'

죽음에 대한 공포나 거리낌은 현성에게 없었다.

애착이란 단어가 던지는 느낌도 그에겐 그리 크지 않았다.

살아가는 모든 것은 언젠가는 사라진다는 것을 알고 있었고, 깊이 공감했기 때문이다.

하지만 지금과 같은 시간 속에서 허무하게 꺼지는 촛불 같은 신세는 결코 되고 싶지 않았다.

적어도 두 눈 부릅뜨고 오연하게 웃어주며 당당하게 죽음을 맞이하고 싶었다.

그러자면 이 질척거리는 시간과 순간을 이겨내야 한다.

그래서 현성은 태어나 처음으로 최선이란 단어에 집착했고 필사적으로 매달렸다.

이 상황을 이겨낼 훌륭한 선택은 그의 내면에 잠재해 있었다.

그 잠재된 힘을 향해 현성은 꾸준히 생명의 숨결을 불어넣었다.

찌르르르.

날카롭고 작은 쇠붙이가 혈류를 따라 전신을 난도질하고 찌르는 느낌이다.

고통이 조금씩 생생해질수록 침잠되어만 가던 그의 의식은 오히려 뚜렷해진다.

삶은 고통에서부터 시작된다.

죽음은 살아 있는 고통과의 단절, 해방이다.

현성은 고통을 선택했다.

그리고 고통을 더욱더 채찍질하여 키웠다.

시체처럼 꼼짝도 않고 누워 있던 현성의 꽉 닫힌 입술이 뚫렸다.

그 속에서 숨이 튀어나오고 신음이 흘러넘쳤다.

"커헉… 헉헉헉!"

심장의 고동이 빨라졌다.

혈류는 좁은 계곡을 내달리는 급류처럼 빠르고 거칠다.

온몸이 난자당하는 그 고통이 머리끝에서부터 발끝까지 놓아주지 않았다.

부릅!

두 눈이 찢어질 만큼 크게 눈을 부릅뜬 그의 눈꼬리가 파르르 떨렸다.

온전한 모습을 드러낸 둥근 그의 동공이 점차 생기를 발산했다.

생기가 강성할수록 그의 몸뚱이는 요동쳤다.

쿵쿵, 퍽퍽.

삶을 향한 그의 거대한 투지는 암울한 어둠을 몰아냈다.

불규칙한 그의 육신의 움직임은 서서히 평온을 되찾았다.

산 자의 고요가 그를 휘감는다.

승리자의 소리 없는 미소가 그를 어루만진다.

그리고 숨을 쉬듯 자연스럽게 몸에 밴 하나의 습관이 그를 무력감의 늪에서 걸어 나오게 한다.

짧은 들숨, 짧은 날숨.

묵직한 들숨, 묵직한 날숨.

길고 묵직한 들숨, 길고 나직한 날숨.

꽤 오랜 시간 이를 통해 현성은 제 몸의 감각을 되찾을 수 있었다.

'여긴?'

초점이 또렷하게 잡힌 두 눈으로 현성은 사방을 훑어보았다.

태고의 바위처럼 그의 무표정은 망자의 수의를 갓 벗어 던진 이 상황에서도 희로애락의 감정이 없다.

오히려 이전보다 더 견고해지고 단단해진 느낌이다.

그 무심의 얼굴은 평온했고 그 눈빛은 그 어느 때보다 깊고 묵직했다.

새하얀 방음벽의 네모진 방.

하나의 등이 천장에 박혀 모든 것을 밝히고 있었다.

티끌 한 점 찾아보기 힘들 만큼 방은 새하얗다.

순백의 이 세상에서 유일한 티끌이자 오점은 현성뿐이다.

출구 하나 없는 방.

네모의 방 모서리마다 카메라가 설치되어 있었다.

천장에 네 개, 바닥에 네 개.

기계의 눈엔 사각지대가 없었다.

위이이이잉.

좀 전엔 듣지 못했던 팬이 회전하는 소리가 현성의 청각을 자극했다.

미세한 이 소리는 청각을 돋우더라도 알아차리기 쉽지 않다.

하지만 현성의 감각은 일반인의 범주를 초월한 지 오래다.

그의 감각은 마치 초감각 능력을 지닌 스킬러의 그것과 맞먹을 정도다.

빛의 발현이 가능하면서부터 폭발적으로 증가한 초감각이다.

새하얀 방 안에 산소를 공급하는 팬의 회전 소리가 점점 커진다.

이젠 귀청이 먹먹할 지경이다.

현성은 볼륨 조절에 들어갔다.

그의 부동심은 한 치의 착오 없이 적정한 정도로 소리를 줄여주었다.

얕은 신음을 삼킨 현성은 상체를 일으킨 뒤 부드러운 느낌의 벽에 등을 맡겼다.

벽에서 쿠션감이 느껴졌다.

이 느낌은 바닥과 동일했다.

그가 입고 있던 옷과 소지품은 하나도 남아 있지 않았다.

양 옆구리가 트인 펑퍼짐한 상하 일체의 하얀색 환자복이 그가 가진 전부였다.

현성은 자신의 얼굴과 정면에 위치한 감시 카메라를 바라보았다.

그러다 문득 이물감을 느꼈다.

이물감은 다섯 군데였다.

목, 양 팔목, 양 발목에서 느껴졌다.

딱딱한 금속 재질의 고리가 채워져 있다.

고리 안쪽은 빈틈없이 피부와 밀착해 있었다.

'이건 뭐지?

현성은 기억을 떠올린다.

한적한 공원에서 민연과 승진을 만났다.

그리고 그때 한 무리의 사람이 나타났다.

그들은 현성이 익히 아는 자들이었다.

한때 동료였던 특수국 요원들이었다.

그들의 등장은 의외였다.

하지만 깊이 생각하면 예측 불가능한 것도 아니었다.

명백한 실수였다. 태만이 낳은 당연한 결과였다.

머리는 자신만 달고 다니는 게 아닌데 이를 간과했다.

"경상도… 그 녀석을 본 것 같았는데."

새하얀 방에 외부의 소리가 흘러든다.

그것은 노이즈부터 시작하여 뚜렷한 사람의 음성으로 바
뀌었다.

이 목소리… 누군가를 연상시켰다.

"오랜만이군, 애송이."

스피커에서 흘러나온 음색은 친절했고 담담했다.

하지만 둘 사이는 결코 지금의 이 음색처럼 다정하지도 우호적이지도 않았다.

"네놈이군."

"기억해 주니 고맙군. 인사는 생략하지, 그럼."

벽을 의지하여 현성이 자리에서 일어섰다.

다리에 힘이 들어가지 않아 곤란함을 느낀다.

"그렇게 힘 뺄 필요 없어. 그리고 미리 경고하지. 지금 네가 차고 있는 금속 재질의 고리. 그건 매우 섬세한 폭탄이야. 달아날 생각은 하지 않는 게 좋아. 그 고리를 달고 있는 한 그 방과 일정 거리 이상 떨어지면 너의 몸뚱이는 갈가리 찢겨 나갈 테니까."

고리의 정체를 현성은 드디어 알게 됐다.

반갑지 않다.

당황하지 않는 현성의 표정은 카메라의 눈을 통해 통제실로 고스란히 전송되었다.

유오찬은 현성의 부동심에 내심 감탄했다.

저 부동심이야말로 광검을 배우는 수련자의 마음 자세다.

부동심. 외부의 충동과 자극에도 흔들리지 않는 견고한 마음.

깊은 신앙과 신념 혹은 뚜렷한 철학이 부동심을 향상시킨다.

유오찬의 경우는 하나의 신념이 광검 생성의 원동력이 되었고, 실제 힘을 얻었다.

"날 괴롭혀 죽일 작정으로 살려두었나?"

사방이 꽉 막힌 새하얀 방은 정신착란을 일으키기에 충분하다.

물론 꽤 오랫동안 이 방에 갇혀 지내야겠지만.

"진실을 원하나? 아니면, 듣기 좋은 말을 원하나?"

유오찬은 이 상황을 즐기고 있었다.

횡포를 부리는 갑과 억압받는 을의 입장이 어찌 같겠는가.

유오찬은 지금 갑의 입장에 서 있다.

그랬기에 녀석은 현성에게 마음껏 여유를 부릴 수 있었다.

"진실."

"단순 명료하군. 뭐, 그게 너의 매력이기도 하니까. 그럼 말해주지. 너… 아주 질기더군."

"무슨 말이지?"

"널 대상으로 여러 가지 실험을 했지. 아! 넌 기억 못 할 거야. 넌 의식이 없던 상태였으니까. 우리 사이를 생각하면 좋은 쪽의 실험은 아닐 거라는 건 짐작할 거야. 대개는 십 단계의 실험 중 하위 단계에서 피실험자가 사망했었지. 하지만 놀랍게도 넌 그 십 단계를 모조리 통과하는 기염을 토했어. 단계 설명은 생략하지. 알아봐야 유쾌하지 않을 테니까. 후후."

최악의 몸 상태.

그 이유가 유오찬의 입을 통해 설명된다.

"고맙군."

"……?"

"덕분에 요단 강… 제대로 구경했다."

"하하하하, 찰진 유머로군."

현성은 유오찬의 괴팍한 웃음이 그치길 조용히 기다린다.

놈이 다시 말을 이어나가길 또 얼마간 기다리는 현성.

그의 기대를 놈은 저버리지 않았다.

"너에게 관심이 생겼다. 아니, 너의 가치를 스스로 입증했으니 그에 대한 대가라고 생각하면 편하겠군. 제안하지. 나와… 아니, 우리와 뜻을 함께할 생각 있나?"

빼도 박도 못하는 상황에서 유오찬은 거절하기 힘든 유혹을 던졌다.

현성은 개가 아니다.

던져 준다고 넙죽 받아먹을 그런 심약한 위인이 아니다.

"네가 듣기 좋은 말은 해줄 수 있어. 이 상황… 내겐 절대적으로 불리해 보이니까. 하지만 그 말만 믿고 날 풀어줄 거라곤 생각하지 않는다. 그래서 나의 대답은 거절이다."

"똑똑하군. 짧은 가방끈이 무색할 만큼 말이야. 뭐, 그편이 더 재밌긴 하지. 그러함에도 난 네게 한 번의 기회를 더 주겠다."

"무슨 뜻이지?"

"네 삶을 들여다보면 사회적 외톨이의 표상이더군. 넌 친구도 없고 가족도 없이 늘 혼자서 지냈지. 하다못해 사회생활이란 것 자체도 없었어. 굉장히 단조로운 삶이더군. 그런 너에게 소중한 것은 뭘까? 생각을 해보았다. 결론은 곧 내릴 수 있었지. 네가 상상하는 것 이상으로 난 똑똑하거든."

현성은 놈의 입에서 튀어나올 말이 무엇인지 알 수 있었다.

아연과 희연일 것이다.

"너의 협박은 내게 위협이 되지 않는다."

놈들은 소백산 은신처를 알지 못한다.

하다못해 지리산 은신처도 알아내지 못했다.

그런 놈들이 지금에 와서 소백산 은신처를 찾아냈을 리 만무하다.

"넌 너의 목숨이 아깝지 않나?"

"누구나 죽는다."

"크하하하하, 그래, 네 말대로다. 하지만 당장에 죽고 싶은 자는 없지. 너도 그럴 것 같은데?"

"어쩔 것 같나?"

스피커는 한동안 침묵했다.

침묵은 유오찬이 먼저 깼다.

"고집스러운 허깨비로군. 하긴 네 삶을 들여다보면 누구나 그런 생각을 할 거야. 좋아, 시간은 내 편이니까 좀 더 아량을 베풀어주마. 그러니 두 번째 기회를 신중히 생각해 보는 게 좋을 거야."

현성은 침묵했다.

유오찬은 그의 대답 따위 처음부터 들을 생각이 없었던 건지 더는 말하지 않았다.

적막이 새하얀 방 안을 가득 채운다.

스르륵.

현성의 몸뚱이는 녹아내리듯 주저앉는다.

지금 당장은 불안정한 몸 상태를 호전시키는 게 급했다.

그다음에 탈출 방법을 모색하리라.

꼬르르륵.

"출출하군. 자장면과 군만두 주문하지. 배가 고프면 생각을 잘 못해서 말이야."

저들이 이 요구를 안 들어준다면… 번쩍 스친 계획 하나가 틀어진다.

다행히 그의 가치를 높게 평가한 저들은 현성의 요구를 들어주었다.

천금보다 더 귀해진 자장면과 바싹하게 구워진 군만두.

참고로 자장면은 곱빼기였다.

'저곳이 출입구였군. 두께는… 이십 센티미터쯤 되겠군.'

배식구의 위치를 현성은 머릿속에 기억해 둔다.

후루루, 쩝쩝.

오랜만에 먹게 된 전통 중국집 자장면은 이 상황에서도 참 맛있었다.

'기회는 단 한 번! 내가 믿을 건 그것밖에 없구나.'

그것? 이를 언급하는 현성의 눈빛이 그 어느 때보다 날카롭다.

＊　　　＊　　　＊

소백산.

계곡 쪽에서 날카로운 총성이 연이어 울려 퍼진다.

탕탕탕탕탕─!

두 개의 반자동 권총의 탄알이 모두 소진될 때까지 소녀가 하나의 표적을 향해 쉴 새 없이 방아쇠를 당기고 있었다.

철컥, 철컥!

길고 까무잡잡한 소녀의 팔은 몇 분간을 공이로 빈 약실을 때렸다.

후우.

걱정과 짜증을 긴 한숨과 함께 흘린 소녀는 양팔을 아래로 축 늘어뜨렸다.

햇볕에 그을린 소녀의 작은 얼굴은 불만을 담고 있었다.

오늘로 십육 일째 가족 중 하나가 아직 돌아오지 않았다.

익숙한 자세와 태도로 쌍권총을 난사한 소녀는 유희연. 올해 십육 세인 그녀는 또래의 아이들은 상상도 하지 못할 삶을 이곳에서 살고 있었다.

"뭐 하는 거야? 뭐 하는데 안 와. 치잇!"

내색하지 않으려 노력했지만 장기간 현성이 돌아오지 않자 소녀는 불안과 걱정을 떨칠 수가 없었다.

전에도 이런 일이 있었지만 기간은 일주일을 넘어서지 않았다.

식량은 열 명이 하루 세 끼 일 년 먹을 양이 비축되어 있다.

텃밭과 닭이 있어 자급자족의 기초 요건도 갖추어놓았다.

당장 먹고살 걱정은 없다.

가끔 세상 돌아가는 상황을 전해 듣다 보면 이곳이 천국이구나! 싶다.

그랬던 천국엔 지금 짙은 먹구름이 잔뜩 깔려 있다.

한 남자의 부재 때문이다.

"희연아."

아연이 잔뜩 찌푸린 얼굴로 주저앉아 있는 여동생 희연을 찾아왔다.

그녀의 복장은 활동하기 편한 춘추 등산복이다.

자매의 복장은 색상만 다를 뿐 디자인은 같았다.

그리고 두 사람의 또 다른 공통점은 각자 탄띠 겸 허리띠에 M9 베레타를 양쪽에 차고 있고 그 아래 종아리 바깥쪽으로 택티컬 나이프—전술 단검— 두 개가 있다는 점이었다.

M9 베레타는 권총 주제에 장탄 수가 무려 열다섯 발이다.

현성은 자매를 나약한 소녀에서 강인한 전사로 육성시켰다.

"언니."

희연은 우울한 감정을 애써 날려 버리며 몸을 일으켰다.

아연은 그대로 앉아 있으라고 손짓했다.

여동생이 앉은 바위 옆으로 온 아연이 희연을 돌아본다.

현성의 실종(?)은 아연에게도 애간장을 녹이는 큰 걱정거리다.

하지만 여동생 앞에서 그런 모습을 보여줄 수는 없었다.

현성이 없는 동안은 자신이 가장이기 때문이다.

"무기를 쥐고 있을 땐 항상 냉정해야 한다고 오빠가 말했잖아."

희연의 총구가 노렸던 표적은 멀쩡하게 서 있었다.

이는 희연의 불안감이 명중률을 떨어뜨린 결과였다.

"내가 언니보다 사격술과 단검술이 더 좋거든."

우울할 때 우울한 이야기는 안 하는 게 상책이다.

그래서 희연은 일부러 똑 부러진 태도로 말했다.

"그래?"

의미를 알 수 없는 물음표 하나를 희연에게 던진 아연이 자리에서 일어섰다.

그러곤 번개 같은 솜씨로 권총을 뽑아든다.

한 손에 하나씩.

희연은 아연이 무엇을 보여주려고 저러나 싶어 의아한 표정을 지었다.

그 순간 아연의 쌍권총이 불을 뿜는다.

탕탕탕탕탕탕—!

방아쇠를 쉼 없이 당기는 아연.

서른 발의 총알이 모두 표적에 명중하는 위용을 보였다.

멍.

희연은 진심으로 깜짝 놀랐다.

"어, 어떻게?"

"훗, 고수는 늘 삼 푼의 실력을 숨기는 법이지."

아연은 턱 끝을 일부러 높게 세우며 거만을 떨었다.

장난기가 다분히 보였다.

"뭐야, 이제까지 날 속였던 거야?"

"속이긴. 너도 이쯤은 할 수 있잖아. 하지만 넌 감정의 기복에 따라 실력의 편차가 너무 커. 오빠도 그랬잖아, 반드시 극복해야 할 너의 단점이라고."

"장점이 될 수도 있댔어."

희연이 속상한 표정으로 말했다.

아연이 여동생의 머리를 부드럽게 쓰다듬어 주었다.

"그럼 장점으로 만들어야지, 동생. 왜 단점에 머물러 있는 거야?"

철컥, 철컥.

희연이 벌떡 일어나 탄창을 간다.

그러곤 야무진 표정으로 다른 표적을 향해 방아쇠를 연속하여 당겼다.

탕탕탕탕탕탕—!

소녀들이 갖고 놀기에 너무나 위험한 물건.

하지만 소녀들은 이 손맛에 깊이 길들어 있었다.

희연이 쏜 서른 발의 총알은 세 발을 제하곤 모두 표적에 명중했다.

"져 버렸네."

여동생의 승부욕을 자극하여 그녀의 불안감을 잊게 해준 아연이다.

빗맞은 그 세 발은 들먹이지 않는다.

"우와, 내 동생, 잘했네. 멋져."

"놀리는 거야?"

"설마 공주님을 놀리는 대죄를 어떻게 이 언니가 저지르겠니. 호호."

"역시… 놀렸어."

따뜻한 눈빛으로 여동생을 바라보던 아연이 이를 거두며 전방 산봉우리로 시선을 돌렸다.

"희연아, 걱정하지 마. 오빤 분명 무사할 거야."

"…무정해."

"응?"

"이 산속에 우릴 처박아두고 만날 혼자서만 나다니잖아. 이대로 영영 돌아오지 않으면……."

생각만으로도 두려운지 희연은 급히 말을 삼켰다.

어른들이 말하지 않던가! 입이 보살이라고.

"너 현성 오빠에 대해 너무 모르는구나."

"그게 무슨 말이야? 내가 모르는 뭐가 있어?"

"가르쳐 줄까?"

"말해봐. 뜸 들이지 말고."

역시 성격 급한 희연이다.

"그럼 앞으로 일주일간 닭 모이 주는 거랑 집 안 청소 네가 해. 그 뒤에 알려줄게. 현성 오빠의 비밀."

가늘게 눈을 뜬 아연의 태도는 최강의 패를 쥔 도박사처럼 여유만만이다.

"일, 일주일은 너무 길잖아."

"싫음 말아. 난 손해 볼 게 없으니까."

"우씨, 그 비밀, 진짜 비밀 아니면 언니랑 말 안 한다."

"오케이. 그럼 계약……."

"칫, 성립이다. 곰의 가죽을 쓴 여우야."

"뭐!"

후다닥.

재빠른 다람쥐처럼 멀찍이 달아나 버린 희연. 그녀를 뒤쫓는 시늉을 하다 곧 자세를 푼 아연.

휴우.

아연의 입술에서 걱정이 가득한 한숨이 흘러나온다.

'오빠… 별일 없는 거지? 정말 별일 없는 거 맞지?'

용서하지 않으리라.

자신에게서 현성을 빼앗아간다면 지옥 끝까지 쫓아가 갈가리 찢어버리리라.

폭풍 같은 살심이 아연의 마음속에서 몰아친다.

*   *   *

공기를 가르는 여덟 번의 소리, 그리고 여덟 번의 파괴 음.

새하얀 방 안. 이 안을 감시하던 여덟 대의 카메라가 박살

났다.

카메라의 렌즈를 파괴한 것은 플라스틱 식기 조각이었다.

우우우웅.

보름간을 티 한 점 없는 백색의 방 안에 갇혀 있던 현성.

그는 밖에서 열지 않으면 절대 열 수 없는 외부로 연결된 문을 향해 달려 나갔다.

맨몸뚱이로 백날 처박아봐야 문은 꿈쩍도 하지 않는다.

계란으로 바위 치기다.

하지만 문을 향해 달려 나가는 현성은 결코 맨몸뚱이가 아니었다.

그의 주먹을 감싼 신비로운 자색의 빛!

이 빛이 가진 파괴력에 모든 걸 건 현성이다.

방음벽 너머에선 비상벨이 요란하게 울고 있었다.

그러나 현성이 있는 방 안엔 한 점의 소리도 들리지 않는다.

현성의 주먹이 직선으로 뻗어 나갔다.

푸욱!

문짝이 움푹 들어갔다.

현성의 주먹을 감싼 빛은 한 번의 충돌이 발생했음에도 이전과 달리 사라지지 않고 여전히 맺혀 있었다.

그의 지난 수련과 이곳에서의 집중력이 결합하여 이룬 성과였다.

그 성과에 힘입어 현성의 주먹은 자광의 잔상을 남기며 번개처럼 문짝을 두들겼다.

강력한 문짝은 빛의 주먹을 견디지 못하고 나가떨어졌다.

쭉 뻗은 복도가 그의 시야에 들어온다.

현성은 복도를 머릿속에 각인시켰다.

타닥타닥타닥.

복도 끝 양 모퉁이에서 무장한 놈들이 달려오고 있었다.

문짝이 날아간 문턱. 현성의 무심한 눈길이 이를 내려다본다.

이 문턱을 넘는 순간 몸에 부착된 폭탄은 터진다.

그러니 고리 폭탄이 장착된 상태에서는 이 문턱을 넘어설 수 없다.

'집중!'

현성은 위기일발의 순간 놀라운 집중력을 발휘한다.

이는 부동심에 근거한 힘이다.

그 힘이 깨어나 스킬러로서의 그의 능력을 발전시킨다.

공간 이동!

파앗.

펄럭, 툭툭툭툭툭!

현성의 몸뚱이를 감싼 환자복과 다섯 개의 금속 재질의 고리가 바닥에 떨어졌다.

이것들이 바닥에 떨어지기도 전에 현성은 끔찍한 백색의 방에서 홀연히 자취를 감추었다.

"노, 놈이 공간 이동 했어!"

"어떻게!"

당혹성이 무장 경비들의 입에서 터져 나왔다.

그러나 곧 이들의 당혹성은 곧이어 묵직한 신음으로 바뀌었다.

타격 음을 동반한 신음이다.

퍽퍽퍽.

"큭!"

"컥!"

"윽!"

알몸의 현성이 나타난 곳은 무장 경비들의 후방 천장이었다.

그곳에서 낙하한 현성은 세 명의 경비를 타격한 뒤 경비 하나를 방패막이 삼아 기관총을 난사했다.

새하얀 복도는 총성과 비명과 사방으로 튄 핏물로 아수라장이 되었다.

바닥에 쓰러진 무장 경비가 현성을 향해, 아니, 그가 인간 방패로 세운 남자의 가슴에 총을 쐈다.

타타타타.

"으악!"

인간 방패는 현성의 알몸을 타고 미끄러졌다.

풀썩.

휙.

인간 방패가 주저앉는 것과 동시에 놈에게서 기관단총을 빼앗은 현성은 마지막 발악을 한 생존자의 머리통을 날려 버렸다.

무심하고 단호한 표정으로 그가 복도를 걷는다.

벽에 붙은 붉은색 경광등이 휘리릭 돌아가며 빽빽 운다.

곳곳에 설치된 감시 카메라의 작동 등이 깜빡거린다.

두 정의 기관총을 든 현성은 모퉁이를 막 돌아 나오는 경비들을 향해 총알을 먹였다.

탕탕탕.

"크악!"

"컥!"

"저 미친 새끼!"

선두의 동료들이 피 흘리며 쓰러진 것을 목격한 자들이 입에서 욕설을 토하며 벽면에 몸을 밀착한 뒤 거친 숨을 토했다.

그중 하나가 중앙 통제실로 상황을 보고했다.

"8구역 지원 요청 바람. 지원 요청 바람!"

주르륵.

핏물이 습자지에 떨어진 먹물처럼 바닥에서 번져 나갔다.

축축한 그 위를 현성이 밟고 섰다.

현성은 이에 아랑곳하지 않고 그 위를 산책하듯 한 발, 한 발 내디뎠다.

침착하게, 이런 그의 눈은 날카로운 매의 눈처럼 전방을 주시했다.

일자형 복도는 그의 시선을 빼앗는 요소를 철저히 배제하고 있었다.

탕탕탕.

다시 한 번 현성의 총구가 불을 뿜는다.

상황을 살피기 위해 머리를 내밀었던 경비들은 이승과 작별을 고했다.

무심한 사신!

그가 자신들을 향해 걸어오고 있었다.

"저, 저건 사람이 아니야! 괴물이야!"

두려움에 붕 뜬 한 경비의 억눌린 신음. 그것의 다른 이름은 공포였다.

덜덜덜.

"망할, 후퇴해!"

공포는 도주라는 행동을 부른다.

*　　　*　　　*

경상도는 조직의 비밀 거점에서 수련 중에 있었다.

수련은 고도의 집중력과 평정심을 요구했다.

본성 자체가 이와는 거리가 먼 경상도로서는 이 훈련이 죽을 맛이었다.

실체가 없는 것을 실체화시키는 일은 몹시 힘들고 지루했다.

되는 것 같다? 싶은 느낌이 들어 이에 조금이라도 신경을 쓰면 그 느낌은 허무하게 사라졌다.

한두 번도 아니고 매번 허무감이 쌓이는 실패였다.

베일에 싸인 조직은 특별한 자들만 정식 조직원으로 받아들인다.

조직이 인정한 자들은 광검 생성 스킬러다.

문제는 이것을 익히는 게 쉽지가 않다는 데 있다.

'무장전선 대장 노릇이 더 화끈하고 재미있는데.'

맥이 쭉 빠진 경상도는 술과 여자 생각이 간절했다.

이런 식이면 백 번을 죽었다 깨어나도 그가 광검을 얻기는 힘들다.

경상도가 속한 비밀의 조직은 포섭한 스킬러들을 모처로 데려와 이와 같은 수련을 집중적으로 시켰다.

그중 성공한 자는 정식 조직원으로 받아들여 배치시켰지만 그 외 실패한, 아니, 정확하게 말하면 가능성이 희박한 자들은 외부로 돌려 소모품이 되었다.

경상도는 매우 중요한 갈림길에 서 있었다.

소모품으로 끝날지, 아니면 조직의 귀중한 인적 자원으로 인정받아 특혜를 누리는 무리에 들지.

'이런 건 적성에 안 맞아. 아, 돌아버리겠네.'

좌절의 쓴맛을 느끼던 경상도는 자신과 같은 방식으로 수련하는 자들을 몰래 힐끔거렸다.

수련은 열두 명이 한 조다.

수련자들은 놀랍게도 피부색과 국적이 다양하다.

이곳에서 동양인은 불과 두 명. 그중 하나가 경상도였다.

나머지 동양인은 중국인이다.

'저 짱깨 새끼는 뭔가 되나 보네. 시벌, 대한의 남아가 짱깨한테 밀리다니.'

중국인을 포함해서 두 명만이 진도가 나가는 것을 경상도는 느낄 수 있었다.

그 외 팔 인은 자신처럼 제자리걸음만 한다.

외부의 방해가 철저히 배제된 수련장. 그런데 긴급사태를 대비해 설치한 내부의 경고 등이 갑자기 크게 울었다.

삑 삑 삑 삑—!

"뭐지?"

수련에 염증을 느끼고 있던 터라 경상도는 이 소리가 몹시 반가웠다.

진득하게 앉아 하는 수련은 정말이지 그와는 상극이다.

아니, 숫제 고문이다.

수련에 진척이 없어 내내 자존심 상해하던 경상도는 침입자를 잡아내 대한 남아의 자존심을 세우리라! 단단히 결심했다.

'대한 남아의 진정한 파워를 보여주마! 잘난 척 짱개 새끼.'

*　　　*　　　*

육각 형태의 기둥 모서리마다 외길 통로가 있다.

그 통로의 한곳을 통해 현성은 건물의 중앙부인 이곳까지 사투 끝에 도착했다.

복도가 끝나는 지점에서 중앙 엘리베이터가 위치한 이곳까지는 난간이 배제된 위험한 외길이 전부였다.

외길 아래는 시커먼 공간이 입을 쩍 벌리고 있다.

현대의 건축 기법과 과학이 접목된 건물은 마치 SF 영화의
세트장 같았다.

현성은 중앙부에서 이곳이 지하 8층인 것을 알게 됐다.

방대하고 놀라운 규모다.

상층부로 올라갈 수 있는 길은 단 두 가지였다.

벽면에 설치된 나선형 철제 계단과 정면에 위치한 유리로
만든 엘리베이터뿐이다.

현성이 이곳이 지하 8층인 것을 알게 된 것도 엘리베이터
출입구 위쪽에 새겨진 숫자 '8'에 근거한 것이다.

외길의 길이는 어림잡아 이십 미터.

지구 상에 이런 건축물이 실재한다는 것이 놀랍고, 또 그러
한 곳이 범죄 단체의 소유라는 사실이 놀라웠다.

'놈들… 생각보다 강력한 조직이다.'

이 생각이.현성의 머릿속에서 지워지지 않는다.

대한민국 사회를 들쑤셨던 자유무장전선은 이 구조물만
놓고 볼 때 알에서 깨지 못한 피라미나 마찬가지다.

그리고 그의 주목을 끈 또 다른 점은 다양한 피부색의 무장
경비들이다.

아직 현성은 알몸으로 유독 발목 아래만이 새빨갛다.

스팟!

엘리베이터 입구에 서 있던 현성의 뒤쪽, 그러니까 그가 걸

어왔던 외길로 통하는 통로에서 한 무리의 경비가 속속 모습을 드러냈다.

외길은 경비들에게 두려움의 대상이었다.

이곳에선 날아오는 총알을 피할 은폐물이 없다.

다들 그래서 망설였다.

그때였다. 공간 이동을 통해 외길에 한 무리가 등장한 것은.

숫자는 여섯. 그중엔 경상도가 있다.

현성의 관심을 한 몸에 받게 된 경상도.

"경상도."

현성이 그를 알아보았듯 경상도 역시 그를 알아본다.

"너… 너, 어떻게?"

녀석에게 현성은 감금 구역인 백색의 방에 갇혀 있어야 할 수인이다.

그 방은 내부에서 결코 부술 수 없는 구조로, 그곳에 갇힌 자들 대부분이 위험인물로 분류되어 고리 폭탄이 채워져 있었다.

탈출 불가능!

그러한 곳에서 현성이 탈출했다.

경상도는 그래서 큰 충격을 받았다.

충격은 곧 거대한 두려움이 되어 놈을 뒤흔든다.

주춤주춤.

"한국말, 참 반갑군."

현성은 동양인으로 보이는 경비원을 무력화시켜 이곳의 정체를 알아내려고 했었다.

안타깝게도 그는 원하는 것을 얻을 수 없었다.

이유는 하나였다.

쓰는 언어가 달라서다.

그의 임시 포로가 되었던 무장 경비는 중국인으로 현성은 중국어를 배우지 않았다.

말이 참 많은 자였는데.

위험을 무릅쓰고 이곳까지 오는 동안 보았던 여러 인종의 무장 경비들. 현성은 그중 동양인만 골라 짧고 강력한 수법으로 심문을 가했다.

하지만 그들 모두 외국인이었다.

그러던 차에 이곳에서 동족의 언어를 사용하는 경상도를 만났다.

동포! 참 좋은 것이다.

현성에게만.

"저, 저 새끼 잡아!"

경상도는 현성에 대해 말할 기회가 생기면 온 힘을 다해 그를 깎아내렸다.

그를 형편없는 녀석으로 매도했다. 매우 격렬하게.

상도의 이와 같은 감정은 일종의 두려움을 덮는 덮개와 같은 것이었다.

그런데 그 덮개가 지금 열려 버리고 말았다.

쌍 기관총을 든 벌거벗은 남자로 인해.

부르르.

경상도 역시 현성처럼 외국어 무능력자다. 여기 함께 온 놈의 동기들도 그러했다.

그렇다 보니 서로 무슨 말을 하는지 알지 못한다.

이는 이들을 교육시키는 조직이 개인의 신상을 파악하여 인위적으로 조를 맺어준 데서 기인한다.

쓸데없는 잡담하지 말고 수련에나 전념하라고 나름 고심해서 내린 조치였다.

그런데 그 조치가 지금 엇박자를 내고 있었다.

비대한 체구의 백인 남자가 먼저 움직였다.

이 남자는 비대한 체구에 어울리지 않게 움직임이 몹시 빨랐다.

그의 움직임은 육안으로 식별하기 힘들다.

평범한 인간은 결코 이러한 속도로 내달릴 수 없다.

하지만 이곳은 외길이다.

비대한 체구의 백인 남자는 이를 감안하지 않았다.

폭 1미터 50센티미터의 뻥 뚫린 외길에서 총격은 피하기
힘들다.

더욱이 현성이 든 총은 기관총이 아닌가. 그것도 두 정이
다.

투투투투.

현성이 방아쇠를 바삐 당긴다.

비대한 체구의 백인 남자는 온몸이 벌집이 되어 다리 아래
로 떨어졌다.

그의 흔적은 바닥의 혈흔과 살점 몇 개가 고작이다.

경상도는 좀처럼 앞으로 나서지 못했다.

현성은 신중하게 놈들을 주시했다.

저들은 앞서 상대한 일반인과 다른 스킬러 무리다.

한마디로 정의하면 부담을 느낄 수밖에 없는 자들이다.

저들의 장기가 무엇인지 알 수 없는 지금 섣부른 움직임은
위험을 자초할 수 있었다.

냉철함과 신중함을 적절히 배합시킨 현성은 기회를 노렸
다.

'경상도, 저놈을 잡아가야겠군.'

현성이 사선을 뚫고 여기까지 온 목적은 오직 하나. 정보를
얻기 위함이다.

지금까진 들인 노력이 허무하게 느껴질 만큼 그는 정보를

얻지 못했다.

그래서 조금만 더, 조금만 더 가보자는 심정으로 어느새 이곳까지 오고야 말았다.

흑인 여자가 앞으로 나섰다.

여자는 양팔을 현성을 향해 겨냥했다.

이를 보자마자 현성은 일말의 망설임도 없이 여자를 향해 방아쇠를 당겼다.

흑인 여자의 능력은 공격이 아닌 방어에 특화된 것이었다.

실드 능력자!

반투명한 막이 현성의 총알을 모조리 막아낸다.

현성을 향한 눈들이 하나같이 매섭고 사납다. 저들에게 걸리면 뼈도 추리지 못하리라.

부질없는 짓인 줄은 알았지만 현성은 그 자리에 서서 방아쇠를 연방 당겼다.

팅팅팅팅팅팅—!

역시 실드는 깨지지 않았다. 1분이 지나야 저 실드는 사라지리라.

이제 현성과 놈들이 거리는 불과 오 미터 남짓, 실드 유지 시간은 못해도 20초는 남았다.

현성이 절대적으로 불리한 상황이다.

승리에 들뜬 다양한 언어가 봇물처럼 터져 나온다.

그 뜻을 해석할 수 없다.

하지만 이 순간 현성은 그 뜻을 느낌을 통해 알 수 있었다.

'알아서 이탈해 주는군.'

스킬러 무리에서 경상도가 후방으로 이탈했다.

놈은 자신의 안전을 위해 비겁한 선택을 했고 이것은 현성에겐 절호의 기회였다.

이 기회를 얻기 위해 그는 한 발도 움직이지 않고 방아쇠를 당겼다.

지잉, 스르륵.

엘리베이터 문이 열린다.

현성이 고개를 뒤로 돌린다.

한 무리의 무장 경비가 그 안에서 사격 자세를 취하고 있었다.

팟!

샌드위치 신세가 되자마자 현성은 그 자리에서 자취를 감춘다.

그의 두 번째 공간 이동이다.

다양한 언어의 욕설이 그들의 입술을 비집고 터져 나왔다.

다 잡은 물고기를 놓친 낚시꾼의 울분이다.

자신의 안전을 최우선적으로 고려했던 경상도의 후방에 현성이 나타났다.

몰골 송연한 느낌을 좇아 경상도가 고개를 돌렸다.

창백하게 구겨진 경상도의 얼굴.

"시, 시발……!"

현성은 경상도의 목덜미를 사정없이 틀어잡았다.

파앗!

현성의 세 번째 공간 이동.

놈들의 비밀 기지 내에 현성은 더 이상 존재하지 않았다.

그리고 경상도란 인물 역시.

제24장

귀가

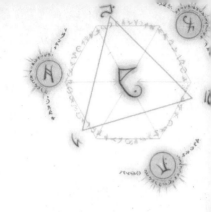

소백산 은신처.

며칠 전 희연은 언니와의 사격 내기에서 졌다.

그래서 그녀는 은신처의 유일한 남자인 현성의 방 안을 걸레로 훔치고 있었다.

쓱쓱.

보름 넘게 이 방의 주인은 돌아오지 않았다.

그래도 꼼꼼한 청소부가 매일매일 이 방을 청소했기에 부재의 흔적은 찾기 힘들다.

하지만 신입 청소부(?)인 희연은 꼼꼼한 전임 청소부 아연과는 성향이 달라도 너무 달랐다.

이삼 일만 지나면 이 방은 부재의 흔적을 곳곳에서 찾을 수 있게 되리라.

설렁설렁.

"답답해. 이렇게 마냥 기다리는 게 옳은 일일까?"

희연의 다리 하나는 계속해서 같은 자리에서 맴돌았다.

게으른 자의 청소법이다.

깊은 산속은 바깥세상과의 왕래가 힘들다.

읍내를 찾아 나갔다간 조난의 우려가 크다.

이럴 줄 알았으면 진작 읍내로 나가는 길을 알아두는 건데… 후회감이 희연의 내부에서 밀려 올라왔다.

생각이 엉뚱한 곳에서 헤매다 보니 걸레질은 더욱더 뒷전이다.

그때였다.

희연이 대략 삼 초간 경악에 찬 표정을 짓다가 비명을 내지른 것은.

"…꺄아아아아아악!"

마당에서 빨래를 널고 있던 아연이 여동생의 비명을 듣고 집 안으로 날듯이 들어왔다.

벌컥.

과격하게 열리는 현관문.

쾅!

경첩을 걱정해야 할 방문 열리는 소리.

"오… 꺄아아아아악!"

자매의 비명은 닮았다.

한 자궁에서 나왔다는 것을 증명이라도 하려는 듯이.

자매를 동시에 경악시킨 알몸의 남자.

"…늦었다. 그리고 그만 훔쳐보고 나가줄래. 여긴 내 방이야."

알몸의 남자는 적진 깊숙한 곳에서 적병을 납치해 온 현성이었다.

대담무쌍한 남자는 여기서도 그 진가를 톡톡히 발휘하고 있었다.

후다다닥.

놀란 가슴을 부여잡고 자매는 도망치듯 현성의 방을 뛰쳐나갔다.

현성이 문가로 걸어가 문을 닫았다.

이 방엔 현성 외에 남자 하나가 더 있다. 혼란의 구렁텅이에 빠진 경상도였다.

희연의 비명에 휘청였다가 곧 뛰어든 아연의 비명에 놀라 주저앉은 녀석은 아직도 자리에서 일어나지 못하고 있었다.

'시발… 놀랐잖아!'

쿵쿵쿵쿵.

경상도를 향해 날카로운 눈빛 한 방을 쏘아준 현성은 태연하게 옷장에서 옷을 꺼내 입었다.

그러면서 놈을 향해 무심한 어조로 한마디 한다.

"얌전히 구는 게 좋을 것이다. 허튼짓했다간… 이번엔 시베리아 벌판에 던져 버릴 테다."

그의 나직한 협박에 느낌이 싸한 경상도였다.

'내가 허스키냐!'

속으로 반항할 뿐.

*　　　*　　　*

어색한 기운이 소백산 작은 은신처에 감돈다.

힐끔힐끔.

아래로 향한 두 쌍의 눈은 수시로 누군가를 훔쳐본다.

그러다 눈길이 마주치면 잽싸게 원위치로 돌아간다.

"걱정시켜 미안하다."

현성이 자매를 향해 입을 열었다.

하아.

하아.

자매의 입에서 약속이라도 한 듯 한숨이 흘러나왔다.

"아저씨, 대체 아깐… 그 꼴이 뭐야. 심장마비 걸리는 줄 알았잖아!"

역시 희연이다.

"거긴 내 방인데."

"그래서 잘했다는 거야?"

"꼭 그런 건 아니지만 그런데 네가 내 방엔 웬일로?"

"웬일이라니. 청소했잖아."

희연이 지지 않고 말했다.

현성은 자신의 귀를 의심했다.

아연이라면 몰라도 희연이 자신의 방을 청소하고 있었다니.

"요즘은 해가 서쪽에서 뜨나 보다. 세상이… 많이 변했군."

의도하지 않은 행동으로 자매를 놀라게 한 죄가 있어 현성은 나름 유머를 선보였다.

안타깝게도 그의 유머는 자매에게 통하지 않았다.

"나도 집안 살림 도왔거든."

더욱더 뾰루퉁해진 희연.

"난 네가 내 방 청소를 해줬다는 게 의외여서… 조금 놀랐어."

"사연이 있어. 그리고 저 아저씬 뭐야? 어디서 주워온 거야?"

소외당하던 한 사람 경상도. 난국 타결을 모색 중이던 녀석
은 모두의 시선이 자신에게로 향하자 당황했다.

전국을 떠들썩하게 만들었던 자유무장전선의 리더. 그 체
면이 지금 바닥으로 곤두박질친다.

"오빠, 저 아저씨는 누구셔?"

원초적인 모습의 현성을 본 이후 아연은 충격을 크게 먹었
다.

지금도 벌렁거리는 가슴이 진정되지 않았다.

그렇다 보니 현성의 시선을 피하기 바빴다.

당분간 아연과 현성이 눈길을 맞추기는 힘들지 싶다.

그제야 희연도 경상도에게 관심을 보였다.

"소개할 만한 녀석은 아니다."

"음… 전에 그 괴상한 이름의 아저씨와 같은 부류로 보면
돼?"

희연이 언급한 이는 이곳에서 잠시 머물다 사라진(?) 강원
도를 말한다.

이를 알 리 없는 경상도.

현성이 그렇다는 의미로 고개를 끄덕였다.

그러자 희연은 경상도의 위아래를 대충 훑어보다 관심을
거두었다.

아연이도 곧 관심을 끊는다.

모두의 관심을 받다가 다시 소외 계층으로 전락한 경상도.

'아오, 짜증 나. 저 계집애들 뭐야? 다들 똘아인가.'

경상도는 기분이 나빴다.

감히 자신을 시장통 좌판에 깔린 물간 생선 보듯 바라보던 자매의 시선이.

부글부글.

하지만 끓는 속과 달리 겉으론 얌전하게 제 처지에 걸맞게 행동하는 경상도였다.

현성에 대한 두려움이 워낙 컸기에 상도는 섣부른 도발이나 공격을 감행하지 못했다.

결빙이란 위력적인 능력을 갖고 있음에도.

"오빠, 그동안 어디 있었어요?"

아연이 드디어 본론으로 들어갔다.

희연이 그 옆에서 두 눈을 반짝이며, 아니, 추궁하는 눈빛으로 현성을 쏘아본다.

현성의 나신이 던져 준 충격과 경악에서 희연은 벗어난 듯한 모습이다.

"하얀 방에."

"장난치지 마."

어이없다는 표정으로 희연이 말했다.

"정말 무슨 일이에요? 오빠."

현성은 자매에게 진실을 말했다.

그리고 그의 그 진실은 이 자리에서 오직 한 사람만이 알고 있다.

'맞긴 맞는 말인데. 이상하게 성의 없는 답변처럼 들리네. 헐.'

경상도의 중얼거림이다.

*　　*　　*

현성의 탈출 소식을 접한 유오찬은 곧장 만사를 제쳐 두고 비밀 기지로 단숨에 공간 이동 했다.

그곳에서 그는 촬영된 현성의 일거수일투족을 볼 수 있었다.

그 영상은 유오찬에게 경이와 놀라움을 선사했다.

'공간 이동을 이용해서 고리 폭탄을 무력화시키다니… 놀랍도록 섬세한 컨트롤이야. 거기다 하루 공간 이동이 2회가 아니라 3회였다니. 아니, 3회가 맞는 걸까? 정말이지 말문이 막히는군.'

현성의 공간 이동 능력을 1일 2회로 알고 있던 유오찬이었다.

플러스 1이 무슨 대수냐고 생각하는 사람들이 있을지 모른다.

하지만 이는 잘못된 생각이다.

특히 공간 이동 스킬러에게 그 1회는 목숨이 여벌로 준비된 것을 의미한다.

'전투력도 대단하군. 그때도 놀라웠지만 지금은 더 경악할 수준이군. 음.'

무장 경비들을 상대하는 현성의 동영상은 마치 총알이 날아올 곳을 예측하고 피하는 듯한 느낌이 짙다.

'이곳은 놈에게 노출됐어. 이곳의 이미지가 놈에게 각인된 이상 이곳으로 놈은 언제든 올 수 있지. 대비를 해야겠군. 휴우, 이 일로 상부의 잔소리깨나 듣겠군.'

유오찬이 현성을 살려둔 이유는 단 하나다.

그만이 유일하게 스킬러 능력을 성장시켰기 때문이다.

그래서 복수 대신 회유라는 손을 내밀었다.

결과는 다시 원점.

게다가 납치된 경상도. 유오찬은 이 부분에 대해선 그리 크게 신경 쓰지 않았다.

국내에서나 경상도가 극히 위험한 인물로 묘사되고 있을 뿐 실상 이곳에서의 그의 위치는 미미했다.

굳이 예를 든다면 훈련소에 막 입소한 훈련병이라 보면 된다.

그렇다고 훈련병이란 위치가 아예 낮은 것은 아니다.

광검 생성의 성공 여부에 따라 훈련병의 지위에서 장교의 지위로 순식간에 워프 할 수 있기 때문이다.

하지만 경상도의 수련 결과를 보면…

'동포라고 나름 신경 써줬건만. 쯧쯧.'

한심함에 절로 혀를 차게 된다.

'그나저나… 놈은 어떻게 강화 문을 그처럼 때려 부순 거지? 능력의 화수분이라도 갖고 있는 건가?'

현성의 실력은 유오찬에게 적지 않은 충격을 안겨주었다.

그중에서 가장 눈에 띄는 점은 강화 문에 남겨진 타격 흔적이었다.

*   *   *

생각에 잠긴 현성을 경상도가 흘끔거린다.

침묵의 시간이 답답해 죽겠다는 표정이 녀석의 얼굴에 고스란히 드러난다.

완전무장 상태인 희연이 멀찍이서 이 둘을 지켜보고 있었다.

그럴 리는 없겠지만 만일의 사태 시 현성을 돕기 위해서다.

현성은 희연이나 좀 전에 그녀와 교대한 아연의 행동을 만류하지 않았다.

자신이 그러하듯 자매 역시 자신을 진심으로 걱정하고 있다는 반증이기에.

"이, 이봐, 날 붙잡아 온 이유가 뭐지? 내게 뭘 바라는 거지?"

녀석의 눈동자는 쉴 새 없이 움직였다.

침착하려 노력했지만 녀석의 목소리는 겁에 질려 떨리고 있었다.

"그곳은 어떤 곳이지?"

경상도 역시 조직의 실체를 정확하게 알지 못했다.

조직의 실체에 접근할 방법은 능력을 입증하여 인정받는 길뿐이다.

안타깝게도 경상도는 조직의 인정을 받지 못했다.

이 자리에서 칼자루를 쥔 자가 원하는 것은 정보다.

목숨을 구걸하는 입장에선 상대가 원하는 정보를 제공해야 한다.

경상도는 오래오래 이 멋진 세상에서 살고 싶었다.

스킬러의 특권을 누리며 천년이고 만년이고 그렇게 떵떵거리며 살고 싶었다.

그러자면 지금 봉착한 이 난관을 반드시 헤쳐 나가야 한다.

그토록 바라였던 세상이 아닌가.

'젠장, 아는 게 없는데.'

절실히 살고자 바라는 자의 입은 가볍고 진실한 법.

"조직이 관리하는 여러 개의 기지 중 하나라는 것만 알고 있어. 내가 아는 것은 그뿐이야. 조직은 우리에게 많은 것을 알려주지 않았어. 우리를 관리하는 자의 지시가 내려오면 그에 따랐던 게 다야. 널 잡아 그곳에 가둔 것도 조직의 지시였을 뿐이야. 결코 너에게 개인적인 악감정은 없었어. 정말이야!"

놈들이 철저한 점조직 형태라는 것을 현성 역시 알고 있었다.

국내에서 활동하던 여러 무법자 조직이 바로 이와 같은 형태로 운영되었고 국내 조직들의 총관리자가 바로 눈앞의 경상도였다.

놈은 어마어마한 영향력을 행사하는 거대 범죄 조직의 수장이지만 실상은 누군가의 꼭두각시에 불과했다.

"유오찬이 너의 관리잔가. 그 조직의 명칭은?"

"난 예비 조직원에 지나지 않아. 그래서 조직의 이름도 알지 못해. 오찬 형님이 내게 지시하는 건 맞아."

경상도의 눈은 거짓을 말하지 않았다.

대답도 망설이지 않았다.

놈은 본능적으로 자신이 살아남을 방법이 무엇인지 알고

이에 철저히 순응하고 있었다.

"유오찬의 소재는?"

"영입될 당시에 딱 한 번 봤을 뿐이야. 그때 이후로 통화나 문자로 보고하고 지시받고 했을 뿐이야. 내가 아는 것은 그게 전부야. 전화번호는 얼마든지 알려줄 수 있어. 하지만 수시로 번호가 바뀌어서 연락의 가능성은 나도 자신할 수 없어."

현성은 경상도 앞에 펜과 수첩을 던졌다.

녀석은 벌벌 떠는 손으로 전화번호를 적어냈다.

"그 기지의 위치는?"

"몰라. 우리가 제 발로 찾아간 게 아니라 조직에서 공간 이동 스킬러를 보내줬어. 그들을 통해 기지 내부에 들어갔기 때문에 그곳이 어딘지조차 난 몰라. 믿어줘. 이건 진실이야."

놈의 진실은 현성에게 갈증만 더욱 유발시킨다.

인질로써의 놈의 가치는 빵점이다.

"정말… 아는 게 없군."

그의 뉘앙스에서 상도는 죽음의 음습한 냄새를 맡았다.

흠칫!

"사, 살려줘. 나 하나 죽인다고 네 상황이 바뀌지 않잖아. 나도 알아. 내가 나쁜 놈이란 걸! 하지만 그건 어쩔 수 없었어. 내가 하지 않으면 어차피 다른 누군가가 했을 거야."

경상도는 조마조마한 심정으로 현성의 일거수일투족을 조

심스레 살폈다.

요즘은 애들이 더 무섭다.

그런 철딱서니 없는 것들도 눈앞의 저 사내의 진면목을 알게 된다면 분명 그의 발치에서 빌빌거릴 것이다.

지금의 자신처럼.

'살고 싶어!'

인간 똥파리의 간절한 바람이다.

"그 기지에서 넌 뭘 하고 있었지?"

"광검 수련이야! 나 말고도 각 나라에서 데려온 자들이 거기 있었어. 그들의 숫자가 몇인지 또 수련 장소로 사용되는 그와 같은 기지가 그것 하나뿐인지는 나도 몰라. 정말이야. 믿어줘!"

절박한 심정으로 경상도는 소리쳤다.

현성은 의문을 느꼈다.

광검에 관한 정보와 기술은 로마교황청이 현재 독식하고 있다.

이는 산유국이 원유를 팔아 그 부를 축적했듯 로마교황청 역시 기술의 독점을 통해 각국으로부터 이권을 챙기는 것이었다.

여러 단체와 타 종교계의 반발과 성토가 있었지만 교황청은 이에 끄떡도 하지 않았다.

그나마 다행한 것은 유학 중인 스킬러들에 의한 기술 전파는 허용했다는 점이다.

여기엔 하나의 단서 조항이 붙었다. 바로 정의로운 자들에 한해서라는.

그런데 베일에 가려진 그 기술이 거대한 범죄 조직에 넘어간 상태다.

이 소식이 알려졌다간 세계는 충격에 빠질 것이다.

'광검 기술이 불법적으로 유출된 건가?'

중화기로 무장한 놈들이 이제는 광검이란 신무기까지 얻었으니 이는 호랑이가 날개를 단 격이 아닐 수 없다.

"수련 방법에 대해 말해봐. 그리고 국내 무법자 조직과 연관된 드러나지 않은 고위층이 있는지도 말해라."

"난 많은 걸 알지 못해. 단계가 있어. 난 기초 단계에 입문한 처지라서 그것밖에 몰라."

협상과 협박이 통하는 자가 있고 선처를 호소해야만 하는 자가 있다.

경상도에게 현성이란 남자는 후자의 존재였다.

"실망스럽군."

"내가 아는 모든 걸 다, 다 말할게."

경상도의 입에서 광검 수련의 기초 단계에 대한 것들이 봇물처럼 쏟아졌다.

그의 설명에서 종교적인 색감을 빼버리면 그 내용은 현성이 수련한 것과 별반 다르지 않았다.

"…여기까지가 내가 아는 수련 방법이야. 그리고 국내에서 활동하던 조직과 유착한 인사들은 대부분 잡힌 것으로 알고 있어. 그 외 특별한… 아! 한 명 있어. 오찬이 형님이 직접 전화한 자였어. 그건 이례적인 일이야."

"말해봐. 그게 누군지."

"이봐, 나 같은 놈 하나 죽여 봤자 네 손만 더러워질 뿐이야. 그러니까 제발 살려줘. 살려주겠다는 약속만 해줘. 그럼 믿고 말할게."

현성은 녀석의 입에서 대단한 인물이 거론되지 않을까 싶은 생각이 들었다.

"약속하지. 절대 널 죽이지 않겠다."

"그, 그럼 믿고 말할게."

현성이 마음을 바꿀지도 모른다는 생각이 든 경상도는 모든 걸 빠르게 토설했다.

조직의 보복 따위 경상도는 안중에 두지 않았다.

조직이 진정으로 중하게 여기는 자들은 스킬러 나이트뿐이다.

그 외 인물은 그냥 쓰다 버릴 소모품에 불과했다.

"노기찬 검사란 자였어. 그자와 오찬 형님 간에 모종의 거래가 있었어."

현성의 눈에 순간 이채가 빠르게 스쳐 간다.

동명이인은 많다. 하지만 검사라는 직업을 가진 동명이인
은 글쎄.

"서울 중앙 지방검찰청의… 그 노기찬?"

"내가 아는 건 노기찬 검사라는 것밖에 없어."

모든 것을 다 토설한 경상도는 진이 다 빠진 듯 헐떡거렸
다.

녀석의 지난 한 시간은 천 길 벼랑의 외줄 타기였으리라.

현성은 녀석이 더는 아는 게 없다는 것을 느낄 수 있었다.

남은 건 녀석의 처리다.

하지만 앞서 강원도처럼 내다 버릴 수는 없었다.

국내 무법자들의 대부인 경상도는 강원도와는 질적으로
다르다.

"희연아."

현성이 희연을 부른다.

만약의 사태를 대비해 두 눈에 불을 켜고 있던 어린 여전사
는 그의 부름에 시니컬한 표정으로 대답한다.

"왜."

"삽 좀 가져와라."

"…삽? 갑자기 그건 왜? 설마 저 아저씨 생매장하게?"

꽃향기 풀풀 날리어야 할 십육 세 소녀의 입에선 조폭이나 입에 담을 법한 거친 말이 여과 없이 튀어나온다.

사색이 된 것은 경상도. 놈이 반응하기 전에 현성이 선수를 친다.

"능력을 발휘하는 순간 넌 죽는다. 살고 싶으면 고분고분해라."

주춤주춤 물러서던 경상도는 발악하듯 소리쳤다.

삽이란 연장이 녀석에겐 감당하기 벅찬 충격으로 작용했다.

아니, 희연의 자세한 설명(?)이 녀석을 두려움에 빠뜨렸다.

"날 죽이려는 거지? 연놈이 작당해서 날 죽이려는 거지? 이 비겁한 새끼. 사나이 대 사나이로 약속했잖아!"

"누가 널 죽인다고 했나?"

"그럼 삽은 왜 가져오라는 건데!"

"악쓰지 마라. 널 죽일 생각이었다면 죽인 후 삽을 가져왔을 거야."

듣고 보니 현성의 말이 맞다.

그제야 경상도는 진정할 수 있었다.

희연이 경상도를 향해 한소리 하려다 고개를 내젓고는 삽을 가지러 자리를 떠났다.

탈진한 듯 앉아 있는 경상도에게 현성이 무뚝뚝하게 묻

는다.

"경상도, 네 키가 몇이지?"

"그건 왜? 아, 알았어. 백칠십육 센티미터다."

"깔창 빼고 순수한 키."

"갑자기 그건 왜 묻는 거지? 내게 뭘 하려고?"

현성이 눈에 힘을 주어 경상도를 노려본다.

그의 기세에 질린 경상도는 마지못해 대답했다.

"…백육십이다."

"그렇군."

이 말을 끝으로 현성은 침묵했다.

놈은 현성을 죽이고 싶은 마음이 불꽃처럼 뜨겁다.

그러나 놈은 이를 실천할 수 없었다.

눈앞의 남자는 놈에겐 끔찍한 인간 괴물이기 때문이다.

시간이 흐른다.

마침내 희연이 삽 한 자루를 질질 끌고 나타났다.

"저 녀석에게 줘."

"진짜 저 아저씨 생매장하게?"

짓궂은 표정으로 희연이 말한다.

그녀의 말이 곧 현실이 될 것 같아 또 불안해지는 경상도
다.

한때 경상도는 저들처럼 누군가의 목숨을 결정하는 위치

에 있었다.

그때는 판결을 기다리는 자의 심정을 이해하지 못했다.

막연하게 '두렵겠지.' 라고만 생각했다.

그런데 지금 그 입장에 처해보니 이건 두려움의 수준을 벗어나도 한참이나 벗어난다.

"장난은 그만해."

"칫, 알았어. 그런데 삽은 왜 가져오라 한 거야?"

현성은 희연의 질문에 대답하지 않았다.

그는 자신을 간절하게 쳐다보는 경상도에게 간결하게 말했다.

"지금부터 정확하게 백오십 센티미터의 구덩이를 판다."

그 순간 경상도는 깨달을 수 있었다.

그가 왜 자신의 신장을 물어보았는지를.

'시발… 억지 반올림해서 백오십구 센티미턴데.'

거대한 불행과 직면한 와중에도 남자의 자존심을 지키려다 그만 2센티미터에 근접한 여유를 잃어버렸다.

흙먼지를 덜 마실 수 있는 기회였는데.

아니, 그보다 어떻게 저런 잔인무도한 생각을 할 수 있단 말인가.

"난 김장독이 아니야!"

소리쳐 본다.

하지만 이리 소리쳐 본들 이 자리의 그 누구도 녀석의 외침을 귀담아 듣는 이 없고 동정하는 이 없다.

현성은 원래 그런 인물이고 어린 소녀 희연까지 놀랍게도 그러했다.

오히려 한술 더 뜬다.

"이봐, 깡패 두목 씨. 김장독은 뚜껑까지 다 묻어. 뭘 알고 나 떠들어."

고추보다 더 매운 시누이(?) 희연이다.

*   *   *

현성은 아연과 희연에게 경상도의 동태를 짬이 날 때마다 살펴보라는 말을 한 뒤 바깥세상으로 공간 이동 했다.

부우우우.

빵·빵·빵.

검은 아스팔트를 힘차게 달리는 차량 행렬이 이전보다 늘어나 있다.

한산하던 이전의 도로와 크게 달라진 모습이었다.

그리고 많은 이들이 정부가 운영하던 대피소에서 귀가했다.

"누, 누구세요!"

젊은 여자는 자신의 등 뒤에서 유령처럼 불쑥 나타난 남자를 베란다 유리창을 통해 보게 되었다.

여자는 순간 자지러지게 놀랐다.

하지만 비명을 지르거나, 혹은 공격하려는 그 어떤 시도도 하지 않았다.

이곳은 얼마 전까지만 해도 분명 빈집으로, 현성이 공간 이동을 하던 여러 지점 중 한곳이었다.

침착한 태도를 애써 유지하고 있는 여자는 아기 엄마였다.

그녀는 모유 수유 중으로, 아기의 안전만 절실히 고려하고 있었다.

"당신과 아기를 해칠 생각은 없습니다."

현성은 점잖게, 그리고 진지하게 말했다.

이리 말하면서 현성은 현관문 쪽으로 천천히 이동했다.

여자는 경계의 눈으로 현성을 주시했다.

여자의 머릿속은 이 상황을 무사히 벗어날 방법을 강구하느라 과열되고 있었다.

최악의 상황엔 자신을 희생해서라도 아기를 구하자!

여자는 이런 극단적인 결심까지 했다.

"소리치지 않았으면 합니다."

이 상황에서 할 소리는 아니다.

하지만 어쩌랴. 생각나는 말은 이것이 전부인 것을.

"저, 정말 그냥 가는 건가요?"

여자는 이리 말하며 거실에서 가장 가까운 위치의 문을 재빨리 힐끔거렸다.

여차하면 그리로 뛰어들어 문을 잠근 뒤 사람들에게 도움을 요청할 생각이었다.

예전과 달리 사람들은 이웃의 어려움을 외면하지 않았다.

이유는 하나다. 이웃의 어려운 상황이 언제든 자신의 어려움이 될 수 있었기 때문이다.

여자의 목소리와 표정에는 미심쩍은 기색이 역력했다.

"실례했습니다."

현성은 여자가 번거로운 행동을 하지 않는 것에 안도했다.

여자가 놀란 마음에 소리치거나 공격을 가해왔다면 분명 소란이 발생할 것이다.

다행하게도 그러한 일은 발생하지 않았다.

현관문을 반쯤 열고 밖으로 몸의 절반을 내놓은 현성이 돌연 동작을 멈추었다.

그러곤 여자를 바라보며 하나의 다짐을 받아냈다.

"오늘 일… 없던 것으로 해줬으면 합니다."

상대가 자신은 물론 아기까지 해칠 의사가 없다는 것을 여자도 이젠 느낄 수 있었다.

그리고 방금 겪었듯이 남자는 스킬러다.

스킬러와 원한을 맺었다간 후환을 감당할 수 없다.

여자는 빠르게 고개를 끄덕였다.

현성은 감사의 뜻으로 여자에게 고개를 숙인 뒤 현관문을 빠져나왔다.

'휴우, 놀랐네.'

철석간장의 현성이었지만 좀 전엔 그도 많이 놀랐다.

복도 끝 계단 쪽으로 걸어가던 현성은 눈살을 확 찌푸리며 등을 돌렸다.

맞은편 복도에서 제복의 경찰관 셋이 걸어오고 있었기 때문이다.

지명수배를 받고 있는 처지에 경찰관은 마주 보기 곤란한 상대다.

더욱이 이번에 나온 이유는 민연과 승진의 소식을 알아보기 위함이라 더욱 조심할 필요가 있다.

확인하지는 않았지만 자신과의 만남으로 인해 그들이 곤란에 처했으리라는 것쯤은 충분히 짐작할 수 있었다.

이런 상황에서 자신이 멀쩡히 돌아다니는 것을 정부가 알게 된다면 그들은 더욱 곤란하지 않겠는가.

젊은 남자를 보게 된 경찰관들이 경계와 의문을 드러냈다.

전국적인 지진 복구 사업으로 건강한 남자들은 정부의 총동원령을 받아 복구 사업에 참여하고 있었다.

그렇다 보니 예전과 달리 할 일 없이 지내는 남자를, 그것
도 낮 시간에 보기란 힘들다.

　막다른 곳이다.

　경찰관을 피해 발길을 반대편으로 돌리는 것은 도리어 의
심받을 행위다.

　"잠시 검문이 있겠습니다. 이 아파트 주민이십니까?"

　장년의 경찰관이 현성의 위아래를 살피며 말을 건넸다.

　그때 현성이 나왔던 아파트의 현관이 살짝 열렸다.

　그 열린 틈 사이로 방금 본 젊은 애기 엄마가 고개를 내밀
었다.

　여자는 현성의 어깨너머에 서 있는 경찰관 셋을 보게 되었
다.

　현성은 긴장했다.

　여자가 좀 전의 일을 경찰관들에게 발고할까 봐서다.

　여차하면 경찰관 셋을 무력화시킨 뒤 공간 이동을 다시 해
야 할 상황이다.

　다행스럽게도 그런 일은 없었다.

　여자는 무슨 생각에서인지 말했다.

　"자기야, 오늘 가면 언제 와? 지방에서 일하는 거 많이 힘
들지. 우린 괜찮으니까 걱정하지 마."

　현성을 의심스레 바라보던 경찰관은 젊은 여자의 말에 경

계의 눈초리를 거뒀다.

복구 사업에 동원된 사람들은 지역 내에서 일하기도 하지만 타지에서 일하는 경우도 있다.

타지에서 일하는 경우 현장의 상황에 따라 휴가를 준다. 그렇게 휴가를 받고 집으로 돌아온 자들도 더러 있었다.

경찰관은 현성과 여자를 신혼부부쯤으로 생각했다.

깨소금이 한창 쏟아질 신혼부부가 정부의 총동원령에 주말, 혹은 월말 부부로 지내는 것이리라.

이리 생각한 경찰관은 현성에게 경례를 붙인 뒤 그를 스쳐 지나갔다.

현성은 자신을 바라보는 여자를 보며 고개를 갸웃거렸다.

여자가 밖으로 나와 현성에게 다가왔다.

경찰관들의 의심을 사지 않으려는 마무리 연기를 위해서.

마른침을 꿀꺽 삼킨 여자는 현성에게 나직하게 말했다.

"당신이 누군지 생각났어요. 선우현성 씨죠?"

"절 도와준 이유가 뭐죠?"

"저 민연이 친구예요. 차민연."

현성은 생각지도 못했다.

자신이 가끔씩 이용하던 공간 이동 장소가 민연의 친구가 살던 집이란 것을.

"놀랍군요."

"현성 씨, 저랑 이야기할 수 있어요?"

여자의 이름은 이선화로, 그녀는 칠 일간의 끔찍한 강진 당시 남편과 친정, 시댁 식구 전부를 잃었다.

그녀에게 남은 혈육은 얼마 전에 출산한 젖먹이 아이가 전부였다.

출산 당시 그녀를 도와준 이가 바로 차민연이었다.

"그렇게 볼 필요 없어요. 산 사람은 살아야 하잖아요."

선화의 목소리엔 슬픔이 가득하다.

"유감입니다."

"과거는 과거죠. 제겐 지나간 기억보단 앞으로의 삶이 더 중요해요."

여인은 약하나 어머니는 강하다.

차분한 모습으로 자신을 바라보는 선화의 눈빛에서 현성은 여자가 아닌 어머니의 강인한 모습을 볼 수 있었다.

"민연이 소식은 들으셨죠?"

묵묵히 쳐다보는 현성의 시선에 부담을 느낀 듯 선화는 고개를 살짝 돌리며 말했다.

"아직 모릅니다. 다만 그녀의 형편이 안 좋을 것이란 것만 짐작하고 있을 뿐입니다."

전 여배우 차민연은 여전히 대중의 관심을 받고 있었다.

이러한 상황에서 수배자인 현성과 어울린 일은 그녀에겐

큰 흉이 아닐 수 없었다.

검찰은 이 사건을 부각시켜 민연은 물론 그녀의 아버지인 차기수 국장까지 물고 늘어졌다.

"민연이는 지금 구속 기소된 상태예요. 내일 그녀의 재판이 있어요. 언론 보도는 그녀에게 악의적이더군요."

"상황이 어찌 돌아가는지 알아보기 위해 나왔습니다. 제가 아는 정보는 아직 없습니다."

"이리 오세요. 인터넷이 돼요."

현성이 선화의 집을 이용한 것은 이 지역이 인터넷과 전기 사용이 가능했기 때문이다.

컴퓨터가 있는 방으로 그녀를 따라 들어간 현성은 이선화가 검색한 차민연의 언론 보도를 볼 수 있었다.

그리고 그녀를 기소한 검사 역시.

'노기찬.'

제25장
야릇한(?) 소백산

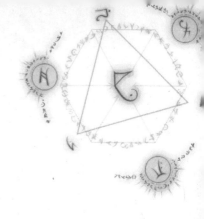

　일간 '햇살'의 연예부 기자 조준희. 올해 이십육 세인 그녀
는 일 년 전만 해도 이 바닥에선 알아주던 인물이었다.

　성격도 좋고 인물도 좋은 데다 인맥도 나름 탄탄하여 연예
부 기자로서는 팔방미인이었다.

　그랬던 그녀의 전성기는 세상에 닥친 재앙과 함께 그간 쌓
아온 공적이 모두 무너지며 박살 나고 말았다.

　삶과 죽음이 최우선이 된 시대에서 문화 예술과 스포츠는
허영과 사치로 여겨져 사람들의 관심에서 멀어졌다.

　방송사는 과거에 제작된 드라마와 영화를 재탕하며 메인

인 뉴스의 들러리로 세웠다.

할 일이 없어진 스포츠 기자와 연예부 기자들 대부분이 하루아침에 실업자로 전락했다.

조준희 기자 역시 실업자가 될 처지였지만 지인의 특종 제보 덕분에 연예부가 아닌 사회부 기자로 옮겨가며 실직을 면할 수 있었다.

'치잇, 이건 잘못돼도 한참 잘못됐어.'

방송과 신문은 차민연과 유승진의 사건을 대서특필했다.

기사 내용을 살펴보면 획일적인 데다 편파 일색이었다.

기자의 양심과 공정성을 이 기사들에선 전혀 찾아볼 수 없었다.

조준희 기자는 이를 바로잡고자 뜻이 맞는 기자들과 함께 성명서까지 발표했지만 세상은 언제나 그렇듯 힘을 가진 자들의 말에만 귀를 기울였다.

야, 조준희, 정신 차려! 지금은 사회정의보단 국민의 결집이 관건인 위태로운 시대야. 법과 질서, 집단에서 이 규칙이 깨졌을 때 발생한 소동을 너도 겪었잖아. 그러니까 입 닥치고 남들 하는 대로 묻어가란 말이야. 기자의 의무와 사명감도 좋지만 유연성을 발휘해. 융통성을 발휘하란 말이야!

편집장의 서슬 퍼런 분노의 목소리가 아직도 그녀의 귓가에 쨍쨍했다.

차민연, 유승진의 비밀재판에 참석하기 위해 검사 노기찬이 법원으로 들어선다.

수많은 취재진이 그를 둘러싼 채 질문을 퍼붓는다.

저 모습을 보면 언론은 살아 있는 것처럼 보인다. 적어도 겉으로 보이는 모습은.

젊은 검사는 노련하게, 그리고 위트 넘치는 대답으로 기자들을 웃게 했다.

'연예인 팬미팅 현장이 따로 없군.'

전직 연예부 기자다운 조준희의 발상이다, 울적한.

"조 기자, 취재 안 해?"

"보도야 저들이 던져 준 내용이나 베껴 쓰는 게 고작이잖아, 이 선배."

"그렇긴 하지만 구경꾼처럼 이렇게 서 있으면 어떡해. 시늉이라도 해야 하잖아. 너와 달리 난 처자식이 있는 몸이라고. 나 좀 살려줘라."

"내가 살인마야? 이 선배나 저기 가서 밥줄 지켜."

"넌?"

"난 커피 타임."

"팔자 늘어졌다. 늘어졌어. 제길, 처자식만 없었어도."

"그러게 왜 결혼해. 나처럼 싱글로 살지."

"크흑, 부러운 녀석. 기다려. 끝나고 한잔하자."

조준희 기자는 카메라 기자 이 선배의 뒷모습을 잠시 바라보다가 이내 굳은 표정으로 몸을 돌렸다.

그녀의 핸드폰이 요란하게 울어댄다.

'응? 선화네.'

친구의 걱정을 살까 싶어 애써 무거운 마음을 날려 버리는 조준희.

"어, 선화야, 무슨 일이야?"

"바쁘니?"

"한가해."

"오늘 민연이 재판 아니니?"

"눈뜬장님들의 잔칫날이지. 그런데 웬일이야? 애 아파?"

차민연, 조준희, 이선화. 이들 세 명은 어릴 때부터 친구였다.

배우가 된 차민연, 기자가 된 조준희, 일찍 결혼한 이선화. 각자 다른 삶을 살았지만 이들의 우정은 지금까지 변치 않았다.

"아니, 준희야, 바쁘지 않으면 우리 집에 오지 않을래? 너에게 중요한 이야기가 있어."

노기찬 검사를 둘러싼, 기자란 이름의 무수리 떼가 법원 안으로 들어간다.

저 무리에 끼고 싶은 마음이 처음부터 없었던 조준희 기자
는 선화의 부름에 냉큼 응했다.

"곧 갈게."

통화를 끊은 조준희는 카메라 기자 이 선배에게 문자 한 통
을 남긴 뒤 선화의 집으로 향했다.

                    *   *   *

전화를 끊은 이선화의 눈길이 현성을 향한다.

세상은 그를 흉악한 범죄자, 혹은 불행한 영웅이라는 상반
된 이름으로 불렀다.

차민연이란 친구가 없었다면 선화에게도 선우현성이란 저
남자는 다수가 손가락질하는 흉악범이었을 것이다.

두 사람의 눈길이 허공에서 만났다.

화들짝 놀란 여인이 허둥거리다 그의 앞에 놓인 빈 컵을 보
고 이를 탈출구로 활용했다.

"물, 물 한 잔 더 드려요?"

"예."

식량과 물자는 공평한 방식으로 분배된다. 이는 정부의 발
표다.

하지만 아는 사람들은 다 알고 있다.

그들의 발표가 뜬구름 잡는 소리란 걸 말이다.

손님 대접으로 차도 아닌 물이라니⋯ 선화는 다시 한 번 변해 버린 세상을 실감했다.

"기다리세요."

단전과 단수는 일상적인 일로 고착됐다.

사람들은 현금이나 카드가 아닌 배급표로 식량과 생필품을 구매하고 있었다.

어색했던 그 결제 방식도 이제는 다들 익숙해졌다.

배급표의 배당은 정부에 노동력을 제공한 자들에게 더 주어진다.

반대의 경우는 입에 풀칠할 양의 배급표만 지급된다. 형평성의 이름하에.

노동력을 제공하지 못하는 처지의 이선화는 생활이 어려울 수밖에 없었다.

하지만 좋은 친구들을 둔 덕분에 그녀는 타 지역보다 치안이 좋고 단전 단수가 덜한 지역에서의 거주는 물론 그들의 도움도 받을 수 있었다.

재산권이 동결된 지금 제집이라고 해서 마음대로 거주할 권한도 없다.

잘난 친구 덕을 톡톡히 보고 있는 선화다.

그랬던 그녀의 삶도 지금 위협받고 있었다.

차민연이 체포된 이후부터다.

그래서 그녀가 현성에게 대접할 수 있는 음료는 물이 고작이었다.

쪼르륵.

"고맙습니다."

"아니에요. 대접할 게 이것뿐이라 죄송해요."

물 한 잔 얻어먹는 것도 은혜가 아닌가.

현성은 빵빵하게 채운 배낭 하나를 은혜에 대한 보답으로 그녀에게 전해주리라 생각한다.

남녀 사이에 어색한 침묵이 감돌았다.

둘 다 사교성과는 거리가 멀다.

떵동, 떵동.

"왔나 봐요."

반색하며 일어선 이선화가 잰걸음으로 걸어갔다.

방문객은 그녀가 기다리던 조준희가 아니었다. 아까 복도를 순찰하던 바로 그 경찰관들이었다.

인터폰으로 이를 확인한 선화의 표정이 딱딱하게 경직됐다.

그녀의 부자연스러운 태도에 현성이 의문의 눈길로 바라본다.

심호흡을 한 선화가 인터폰에 대고 말했다.

"무슨 일이세요?"

그녀의 목소리는 몹시 불안정했다.

아무리 둔한 자라도 낌새를 알아차릴 것이다.

"잠시 조사할 게 있습니다. 문을 열어주시겠습니까?"

"무, 무슨 조사요?"

"댁의 부군의 용모가 수배자의 용모와 비슷해서 그럽니다. 잠깐이면 됩니다."

경찰관의 목소리는 상냥했다.

그녀가 거주하는 지역은 나름 윗선에 연줄을 가진 자들이 많이 거주하는 곳이다.

경찰관이 친절한 이유다.

선화는 난감한 표정으로 쩔쩔맸다.

막다른 골목에 갇힌 생쥐처럼 바들바들 떨었다.

태연한 연기를 펼치던 선화의 모습은 이 자리에 없었다.

저 배짱으로 현성을 도왔다니.

"어, 어쩌죠? 저들이 눈치챘나 봐요. 어떡해요?"

위기가 부메랑처럼 돌아오자 선화는 안절부절못했다.

특수국 국장의 딸이자 개인적으론 스킬러인 차민연조차 현성을 도왔다는 이유로 지금 나락에 떨어져 있다.

민연이 그럴진대 하물며 내세울 것 하나 없이 애 딸린 미망

인에 불과한 자신은 그녀보다 더 끔찍한 불평등의 나락에 떨어지지 않겠는가.

후회가 밀려왔지만 이제 와 돌이킬 수는 없다.

쿵쿵쿵쿵.

선화의 심장은 이 순간 흉부를 뚫고 튀어나올 만큼 세차게 뛰었다.

현성이 그녀를 향해 걸어왔다.

문밖의 경찰관은 만일의 사태를 대비해 권총을 빼 든 상황이었다.

이들의 위치를 감각을 통해 확인한 현성은 문을 벌컥 열었다.

상대는 의심을 품고 있다.

그리고 그 의심은 자신을 보자마자 확신이 될 수밖에 없다.

선제공격. 그 수밖에 방법이 없었다.

"억!"

현성의 손날이 벨을 누른 경찰관의 목을 쳤다.

"컥!"

다리가 복부를 창처럼 찌른다.

두 동료가 무력하게 쓰러지는 것을 본 나머지 경찰관이 그를 향해 총을 겨누다 현성의 정권에 명치를 찍혔다.

"꼼… 큭!"

현성이 건장한 무장 경관 셋을 제압한 시간은 불과 2초.

기절한 경관들을 현성이 집 안으로 옮겼다.

때려눕힌 시간보다 그들을 안으로 끌고 들어오는 시간이 더 길다.

잔뜩 굳어 있는 선화를 향해 현성이 말했다.

"박스 테이프나 끈 같은 거 있습니까?"

상황은 되돌릴 수 없다. 되돌릴 수… 없다!

선화의 머릿속은 실타래처럼 엉켜 있었다.

현성의 목소리가 그녀의 엉킨 실타래를 자른다.

"아, 예… 예, 잠시만요."

기호지세다. 떨어지면 죽는다.

현성이 세 사람을 다 묶자 또 초인종이 울렸다.

이 소리에 깜짝 놀란 선화는 지레 겁을 먹고 주저앉았다.

그녀를 대신해 현성이 인터폰을 확인한다.

"선화야, 나야."

이번엔 선화가 초대한 조준희 기자였다.

철컥.

현성을 알아본 조준희 기자는 깜짝 놀랐다.

다행히 그녀의 놀라움은 입 밖으로 튀어나오지 않았다.

현성이 일반적인 흉악범이 아니라는 것을 민연을 통해 전해 들었기 때문에 준희는 금세 진정할 수 있었다.

그래도 놀라운 마음은 여전히 가시지 않았다.

"주, 준희야."

"선화야, 이게 어찌 된 일이야?"

선화의 상태를 먼저 확인한 준희는 현성을 돌아보았다.

당황한 선화를 대신해서 어떠한 상황이 닥치더라도 절대 흔들리지 않을 것 같은 포커페이스 현성이 상황을 담담히 설명했다.

굳어 있던 준희의 표정은 서서히 걱정과 염려로 바뀌었다.

경찰관의 납치 감금은 중대 범죄이기 때문이다.

'하아, 상황… 골 때리네.'

*　　　*　　　*

차민연과 유승진의 재판은 불리한 가운데 진행됐다.

두 사람은 범인 은닉죄와 방조죄, 공무원 윤리 강령 위반과 정보 유출 등 수십 가지의 죄목이 붙어 기소됐다.

하지만 이번 사건을 냉철하게 분석한 자들은 사건 배후에 차기수 국장을 겨냥한 위정자들의 알력이 작용하고 있다는 결론을 내렸다.

진실이 때론 음모론으로 치부된다.

위상이 커진 스킬러, 그리고 이들이 모인 대표적인 집단 특수국은 장차 이곳을 누가 손에 넣느냐에 따라서 권력의 향배가 정해진다.

현재 대한민국의 권력은 임기를 채우고도 집권 중인 최무식 대통령과 정현수 총재로 양분되어 있었다.

타협과 양보가 존재했던 이들의 정치사에 최대 변수가 등장했다.

그곳은 특수국이었다.

현 특수국 국장 차기수. 그는 최무식 대통령의 사람으로 정현수 총재 입장에선 반드시 뽑아내야 할 가시였다.

차민연 사건은 그간 기회를 엿보던 정현수 총재에겐 하늘이 내려주신 기회가 아닐 수 없었다.

"그럼 제가 두 사람을 위해 할 수 있는 게 없다는 말씀입니까?"

"정현수 총재의 세력은 막강해요. 그는 올 4월 대선을 위해 만반의 준비를 했죠. 반면 최무식 대통령의 경우 영향력이 줄어들고 있던 중이었어요. 그러니 누가 더 강하겠어요."

위험한 미궁에 빠진 듯 모두가 걱정과 불안과 두려움을 머리에 이고 하루하루 살아간다.

그런데 이들을 위해 등대가 되어주어야 할 자들이 이전투

구―진흙탕에서 싸우는 개―에 빠졌다니… 과연 내일이 있을까? 선화는 낙담에 빠져들었다.

차라리 혼자 몸이라면 죽기밖에 더 하겠어! 따위의 자포자기 심정으로 제삼자가 되어 욕이라도 실컷 해주고 끝내겠지만 그녀에겐 아이가 있었다.

'대체 그 사람들은 언제나 정신을 차릴까?'

슬펐다. 하지만 당장은 위기에 처한 친구의 일도 큰 걱정이었다.

"준희야, 그럼 민연이는 어떡해! 그런 사람이 작정하고 나섰다면 민연이가 위험하잖아."

"아버님이 특수국 국장 자리를 자진 사퇴하신다면… 검찰의 강력한 기소 의지나 편파적인 보도 역시 흐지부지될 거야. 그들의 목적은 특수국이지 민연이나 아버님이 아냐, 선화야. 저, 현성 씨."

선화를 다독여 준 준희가 현성을 쳐다본다.

준희의 말을 되새김질 중이던 현성이 조금 늦게 대답했다.

"예."

"국내 무법자 조직의 실제 배후 인물과 정 총재의 둘째 사위 노기찬 검사 사이에 모종의 커넥션이 오갔더라도 그것이 증거로 채택되진 않을 거예요. 지금의 상황은 마치 잘 맞물려 돌아가는 톱니바퀴와 같으니까요."

"그 톱니바퀴를 제거하면 되지 않겠습니까?"

무표정한 얼굴에서 담담하게 흘러나오는 현성의 대꾸에 준희는 가슴 한쪽이 서늘해짐을 느꼈다.

부자연스러운 표정으로 준희가 자신의 생각을 말했다.

"당신 같은 사람들에게 그 일은 쉬운 일일지도 모르겠군요. 하지만 정현수란 톱니바퀴를 지금 상황에서 제거해 버린다면 이는 도화선에 불을 붙이는 일이 될 거예요. 그는 분명 옳은 정치인은 아니죠. 위선자죠. 그렇더라도 그의 죽음, 혹은 실종은 이 땅에 분열을 초래해요. 이는 제 목숨을 걸고 장담할 수 있어요. 현성 씨, 하수구나 정화조… 더럽죠. 그렇지만 우리의 생활에서 그것을 빼버리면 생활의 전반이 오염되지 않겠어요? 그러니 극단적인 그 생각은 이 땅에 사는 어진 사람들을 위해 곱게 접어두세요. 그중 한 사람으로서 부탁드립니다. 그리고 민연이를 생각해서라도 잊어주세요."

결박된 경찰관들은 한참 전에 의식이 돌아와 있었다.

그들은 감춰진, 아니, 은폐된 대한민국의 진실을 직면하면서부터 쓰라림과 묵직함을 느꼈다. 몸이 아닌 마음에서.

경찰이기 이전에 이들 역시 평화와 안녕을 바라는 대한민국 국민의 한 사람이다.

그들은 아버지의 마음, 남편의 마음, 연인의 마음, 아들의 마음으로 현성의 결정을 초조하게 기다렸다.

준희의 설득은 현성을 꽤 오래 침묵하게 했다.

영원한 것은 없다. 현성의 침묵 역시 결코 영원하지 않았
다.

"나의 침묵이 민연 씨에게 도움이 되겠습니까?"

묵직한 그의 질문에 준희는 확신에 찬 표정으로 또박또박
대답했다.

"예."

"그렇다면 당신의 조언대로 조용히 지켜보겠습니다."

비로소 준희의 표정이 환하게 풀렸다.

비단 그녀뿐만이 아니다. 선화와 세 명의 경찰관 역시 마찬
가지였다.

긴장감이 풀어진 목소리로 준희가 말했다.

"고마워요, 현성 씨. 민연이의 친구로서, 그리고 국민의 한
사람으로서."

준희는 민연이 왜 그토록 저 남자를 칭찬했는지, 그리고 왜
그에게 애정을 갖게 되었는지 그 이유를 그를 만나봄으로써
알 수 있었다.

달릴 때와 멈출 때를 아는 사람이 과연 몇이나 될까?

힘을 가졌지만 그 힘에 휘둘리지 않고 냉정하게 자신의 삶
을 지키는 자 또한 얼마나 될까?

그 점에서 눈앞의 현성은 준희에게서 높은 합격점(?)을 받았다.

현성의 눈길이 준희에게서 경찰관들에게로 옮겨졌다.

이들의 대화를 진지하게 경청하고 있었던 경찰관들은 자신들의 운명이 결정될 순간이란 것을 깨달았다.

심장이 다들 뜨끔해진다.

어머니에게 마지막 인사를 하지 못한 게 아쉬운 박호순 순경.

자신이 지켜주어야 할 어린 딸이 눈에 밟히는 이명민 경사.

지진 당시 다리를 잃어 장애인이 된 여동생의 인생이 걱정인 박순철 경장.

다들 몸이 떨릴 정도로 이 순간이 더디게, 그리고 무섭게 흐르는 것처럼 느껴졌다.

하지만 누구 하나 먼저 현성을 향해 살려달라는 말을 하지 않았다.

경찰관들을 빤히 쳐다보던 현성이 그들 앞에 다리를 세워 앉았다.

"이번 일… 기억에서 지워주셨으면 합니다."

최악의 경우까지 생각했던 경찰관들 입장에서 그의 제안은 감지덕지다.

세 사람 모두 진심이 우러나는 목소리로 그러겠다고 대답했다.

준희와 선화는 현성을 바라보고 있었다.

그녀들의 눈길을 느낀 것일까? 현성이 고개를 돌렸다.

"두 분의 의견이 중요하단 걸 잊었군요. 전 이들을 풀어줬으면 합니다. 물론 두 분에게 강요할 생각은 없습니다."

경찰관들이 약속을 깨고 오늘 일을 보고한다면 그 피해는 고스란히 준희와 선화가 입게 된다.

그러니 저들의 의사도 매우 중요하다.

"전 괜찮아요."

망설임 없이 준희가 힘주어 말했다.

"저도 괜찮아요."

두려움을 약간 내비치며 선화도 말했다.

두 사람이 찬성하자 현성은 경찰관들의 결박을 풀어주었다.

"약속은 지키겠습니다."

"저도 약속합니다."

"저도."

경찰관들은 혹시라도 현성을 제외한 두 여자가 이번 일로 불안감을 느낄까 봐 다시 한 번 맹세했다.

현성은 이들이 한 입 갖고 두말할 것 같지 않았다.

"당신들이 배신하지 않았으면 합니다."

안전장치는 넘쳐서 나쁠 게 없다. 그래서 현성은 차분하게 세 경찰관에게 경고의 메시지를 남겼다.

이를 깨달은 경찰관들은 적잖은 식은땀을 흘려야만 했다.

경찰관들을 돌려보낸 현성은 준희와 선화에게 작별을 고했다.

"현성 씨."

준희가 현성을 불렀다.

선화는 그 옆에 서서 현성을 향해 따뜻한 미소를 지었다.

현성은 생각했다, 민연이 참으로 좋은 친구들을 두었다고.

"예."

"종종 봐요."

민연의 경우를 알면서도 준희는 위험한 선택을 했다.

"무슨?"

"전 인연을 무척 중요하게 여기죠. 그러니까 우리의 인연을 여기서 쫑 내지 말자구요. 하하하."

남자처럼 호탕하게 웃으며 준희가 말했다.

"겁나지 않습니까?"

"현성 씨를 왜 겁내야 하죠? 특별히 그래야 할 이유가 있나요?"

옆에서 선화가 거든다.

"언제든 방문하셔도 환영할게요, 현성 씨."

"알겠습니다. 그럼."

고리와 같은 인연이 또 하나 현성의 인생에 만들어지고 있었다.

스팟!

유령처럼 눈앞에서 사라진 현성.

"여전히 초능력은 신기해. 안 그러니, 선화야?"

"그, 그러게. 그런데, 준희야."

"응?"

"현성 씨. 좋은 남자 같지 않아?"

"내 경험상 봤을 때 저 남자… 오리지널 사골이야. 킥킥."

"계집애, 짓궂긴. 그런데 그 소문은 사실일까? 자매 이야기 말이야."

"민연이가 어떤 애니? 그 똑순이가 찍은 남자야."

"하긴. 그보다 민연이는 정말 괜찮겠어? 아버님 일도 걱정이고."

준희의 손이 선화의 가녀린 어깨를 꽉 잡아준다. 그러곤 진지한 표정으로 말한다.

"내가 거짓말하는 거 봤어? 친구 일에."

"아니."

"그럼 이 언니를 믿어라. 그보다 우리 새끼는 자? 조용하네."

"내 새끼거든."

"그래, 잘났다, 이년아."

"나 애기 엄만데 이년은 너무 심하잖아."

"어쭈! 많이 컸네, 우리 선화."

"예전부터 가슴은 너보다 훨씬 컸어."

정곡을 찔린 준희. 그녀는 익살스러운 표정으로 비틀거린다.

그러다 곧 사악한 표정으로 돌변했다.

"지금도 그런지 이 몸이 직접 확인해 봐야겠군."

준희가 달려들자 이에 놀란 선화는 후다닥 애기 방으로 달아나 버렸다.

오랜만에 북적북적한 선화네였다.

*   *   *

국민은 납세, 국방, 근로의 의무를 진다.

대신 국가는 국민의 평등권, 재산권, 자유권적 기본권, 신체의 자유, 사회적 경제적 자유권, 거주 이전의 자유 등을 보장해야 한다.

하지만 범세계적으로 닥친 재앙에 국민이 가져야 할 당연한 권리는 당연하다는 듯이 침해받았다.

그러나 사태의 심각성을 피부로 겪은 사람들은 자신들의 권리를 국가에 양보했다.

자신들이 뽑은 대통령과 국회의원들을 믿었기 때문이다.

그러나 그들의 이 믿음은 은밀히 떠돌던 루머가 진실로 판명되면서 불신과 분노의 깊은 늪에 빠지고 말았다.

전략적 방호 계획!

각국은 현 상황을 전시 상황으로 규정하고 있었다.

이는 대한민국도 마찬가지였다.

전쟁은 개인보단 전체의 이익과 승리를 위해 구르는 거대한 눈덩이와 같다.

알알의 국민은 자연히 이 거대한 눈덩이의 하나가 되어 원치 않아도 함께 굴러가야 하는 공동체 운명을 갖게 된다.

…정부는 ????년 8월 16일 15시 20분, 대통령령으로 국가 안보와 국가 보존을 위한 방호 계획을 수립, 발표했습니다. 그 내용을 살펴보자면 이와 같습니다. 정부는 전국을 3단계 지역으로 구분한다. 그 기준은 국가의 존속과 안녕에 우선적으로 필요한 인적, 물자, 기타 생산 시설물의 전력화 및 집중화를 통해 구분, 설정한

다. 구분의 단계는 최우선, 우선, 일반으로 나누며 각각의 단계의 차이는 안보의 수준에 둔다. 또한…

청와대와 국회가 손잡고 발표한 국가 방호 계획은 국민들의 마음에 일대 파란을 일으켰다.

이례적인 7일 강진과 몬스터 후이넘의 두 차례 침공은 사람들의 삶의 질을 크게 떨어뜨리고 방향을 바꾸어놓았다.

이번 정부의 발표는 그간 보여주었던 대다수 국민의 희생과 봉사를 정면으로 배신한 행위였다.

문제는 이 발표가 대한민국만의 결정이 아니라는 점이었다.

세계의 모든 나라가 대한민국과 같은 결정을 내렸다.

"이런 시발! 그럼 우린? 빽도 없고 스킬러도 아닌 우리 같은 서민들은 뭐야? 총알받이나 되란 소리잖아."

"이래서 제대로 된 사람을 지도자로 뽑아야 했어. 망할, 어쩌지?"

"이건 부당해. 정부의 횡포야!"

두 사람 이상 모인 자리마다 사람들은 정부의 이번 발표에 크게 반발했다.

정부의 3단계 방호 계획에 의하면 이는 명백한 차별 정책이었다.

누군가는 안전한 곳에서 윤택한 삶을 살고 또 다른 누군가는 원하지도 않는 일에 종사하며 피폐한 삶과 위험에 노출된다.

형평성과 공정성 문제가 자연 대두될 수밖에 없었다.

분노한 사람들은 거리로 나와 규탄 대회를 열었다.

그간 잠잠했던 시민 단체들 역시 정부의 이번 발표를 강력하게 비난하며 규탄 대회를 주도해 나갔다.

사태가 심상치 않게 돌아가자 정부 관계자, 그리고 어용 기관으로 전락한 언론은 이번 정부 발표의 당위성을 설득했다.

지속적인 정부와 언론의 일치된 호소에 사람들의 분노와 비난은 꺾일 수밖에 없었다.

자신들이 겪은 지난 일들은 확실히 유사 이래 찾아볼 수 없는 대재앙이 맞았으니까.

"좋다. 그렇다면 방호 지역 거주자 선별 작업을 국민이 납득할 수 있는 방법으로 해달라!"

거리로 뛰쳐나온 사람들은 한발 양보했다.

대신 거주자 선별 작업의 투명성과 공정성을 조건으로 내걸었다.

전국적인 시위와 규탄 대회는 잠시 소강상태에 접어들고 있었다.

           *   *   *

소백산 은신처.

찌는 듯한 무더위는 소백산에도 찾아왔다.

현성은 자매와 함께 계곡을 찾았다.

이번엔 수련이 아닌 휴가(?)가 목적이다.

수박과 음료수를 먹으며 시원한 계곡물에서 반신욕을 한
다.

아래로 내리꽂히는 폭포수가 더위를 호령하여 내쫓는다.

맑고 시원한 계곡물은 그 속에 발만 담가도 무더위를 잊게
해준다.

간간이 불어오는 산바람은 짙은 녹음을 품고 있어 시원함
을 더했다.

나무 그늘 아래의 평평한 바위에 펼쳐 놓은 돗자리 옆엔 몇
번 사용한 흔적이 역력한 불판이 조금씩 식어가고 있었다.

"계곡에서 구워먹는 삼겹살이 제맛이네. 호호."

핫팬츠와 배꼽을 드러낸 민소매 차림의 희연이 제 배를 툭
툭 두드리며 말한다.

드러난 그녀의 피부는 햇살에 그슬려 건강한 구릿빛을 뽐
내고 있었다.

아연이 대충 뒷정리를 한 뒤 간식을 내놓았다.

양껏 음식을 먹은 현성은 물을 빼고 돌아왔다.

세상은 방호 지역 문제로 반발과 반론이 펼쳐지며 시끌벅적했다.

하지만 이곳 소백산 계곡에서 생활하는 남녀들은 한가한 나들이객의 호시절을 노래한다.

"희연아, 바로 물에 들어가면 안 된다."

"알아. 내가 어린앤가. 칫."

희연은 자신을 늘 아이 취급하려는 아연이 못마땅했지만 그녀는 언니이기 이전에 어머니 같은 존재였다.

"오빠, 수박 드실래요?"

소백산 은신처엔 잘 가꾼 텃밭이 있다.

고추, 상추, 오이, 토마토, 당근, 감자와 같은 작물을 이곳에서 얻을 수 있다.

수확하는 양이 많지는 않지만 그래도 세 사람에게 필요한 신선한 영양소 공급원으로는 부족함이 없다.

하지만 수박은 이들의 텃밭에 나는 작물이 아니다.

현성은 소백산 인근 한 농가에서 공간 이동을 이용해 수박 서리를 해왔다.

불법은 이제 그의 인생에 있어 평범한 장보기가 되어 있었다.

제 배를 통통 치며 현성이 말한다.

"배불러서 더는 못 먹어."

"그럼 나중에 먹어요."

수영복 대신의 옷차림이다 보니 아연과 희연은 노출이 많았다.

해변의 비키니 걸들보다는 양호하지만.

가늘고 늘씬한 팔다리와 굴곡진 자매의 몸매는 보는 이의 눈을 시원스럽게 했다.

자매와 달리 현성은 트렁크 수영복을 입고 있었다.

시원하게 쏟아지는 폭포수, 이름 모를 새들의 지저귐, 햇살에 반짝이는 멋진 수면과 작은 무지개다리는 마치 무릉도원을 연상시켰다.

통통 튀는 걸음으로 희연이 계곡으로 향했다.

"희연아, 아직 물에 들어가지 마."

"발만 담글 거야, 언니. 그런데 아저씬 거기 있을 거야? 계곡물 시원한데."

달궈진 돌이 뜨거운지 희연이 제자리에서 발을 동동거리며 현성을 본다.

물놀이 왔다고 꼭 물에 들어가서 놀란 법은 없다.

물장구는 애들의 놀이지 어른의 놀이는 아니다.

"좀 있다."

"쳇, 완전 노친네라니까."

바닥의 돌이 뜨거워 더는 버티지 못한 희연이 곧 계곡물에 발을 담그고는 물을 튕기며 논다.

　사방으로 튀어 나가는 물방울들이 마치 보석처럼 아름답다.

　느긋함과 평화로움이 넘쳐 난다.

　현성이 동생 바보인 아연을 봤다.

　"너도 계곡에 발 담그지그래?"

　"그늘이 더 좋은데. 오빠 안 그래요?"

　"동감."

　"그러고 보면 희연이만 혈기 왕성한 것 같아요."

　"어리잖아."

　"칫, 오빠나 난 아니고요?"

　"점잖은 청춘이라고 해두지, 그럼."

　"호호, 참 좋아요. 이렇게 소풍 나오니까."

　상쾌한 산의 기운을 받아들이며 아연이 나른한 표정을 지었다.

　모든 주변 요소는 달콤한 낮잠을 부르고 있다.

　현성 역시 잠이 솔솔 찾아왔다.

　남녀는 누가 먼저랄 것도 없이 담요를 둘둘 말아 머리에 받쳤다.

　두 사람의 손이 살짝 스친다.

움찔.

감흥이 온 아연이 몸을 살짝 떨며 현성을 슬쩍 쳐다본다.

반면 현성은 특유의 무표정한 얼굴로 잎사귀 사이의 하늘만 바라볼 뿐이다.

혼자 설렌 것이 분한 듯 아연이 제 아랫입술을 살짝 깨물었다.

그러곤 무슨 생각에서인지 대담하게 그의 손을 잡았다.

그제야 현성이 반응한다.

스륵.

고개를 아연에게로 돌린 현성.

그의 시선을 피하는 아연.

아연의 손에 조금씩 힘이 빠진다.

욱하는 마음에서 그의 손을 잡았지만 그녀는 곧 후회했다.

거의 헐벗은 차림에다 함께 누운 상태가 아닌가.

기분이…

'어, 어쩌지!'

혼란함과 부끄러움이 아연의 심장을 펌프질 했다.

당황하기는 현성도 마찬가지다.

현성의 새끼손가락이 갈고리처럼 멀어지려는 아연의 엄지를 건다.

움찔.

아연의 움츠러드는 느낌이 새끼손가락을 통해 고스란히
현성에게 전달됐다.

몸이 딱딱하게 굳어버린 아연. 심한 갈증을 느낀 듯 그녀는
마른침만 연방 삼킨다.

'오빠가 이상한 생각 하는 거 아냐? 희연이도 있는데.'

아연의 머릿속에선 이미 여동생 희연은 신기루처럼 사라
지고 없었다.

이 세상에 오직 현성과 자신, 둘만 있을 뿐이다.

쿵쿵쿵쿵쿵쿵!

막상 아연의 엄지를 새끼손가락으로 걸었지만 더는 진도
를 내지 못하는 현성이다.

현성의 새끼손가락이 서서히 펴진다.

아연은 자신의 엄지를 잡아주던 현성의 힘이 사라지자 애
매모호한 감정에 빠져들었다.

두 사람은 각자의 팔을 제 배 위로 어색하게 올려놓았다.

나른했던 두 사람의 눈빛은 8월의 태양마저 눈부셔 감을
만큼 밝아져 있다.

멀뚱멀뚱.

어색한 상태로 서로 잎사귀 틈새 쪽 하늘만 바라보는 현성
과 아연.

풍덩!

발만 담근 채 놀던 희연이 인당수에 몸을 던진 과감녀(?) 심청이처럼 계곡물에 몸을 던졌다.

그 시원한 물소리가 어색해진 남녀의 감정을 해소해 준다.

"아, 덥네. 나도 수영 좀 해야겠다. 아연이, 넌?"

"아… 전 여기 있을게요. 오빠는 하세요."

"그래야겠다. 날이 참 더워."

부자연스러운 동작으로 걸어가는 현성의 역삼각형 넓은 등짝. 이를 바라보는 아연의 눈가에 부끄러움이 크게 피어오른다.

'심장이… 머릿속으로 들어와 버린 것 같아!'

혈색이 발그레해진 아연은 부끄러움에 몸 둘 바를 모른다.

그러다 현성을 향해 야릇한 눈길을 보내며 그녀만의 상상의 나래를 수줍게 펼친다.

남녀가 모처럼 소풍을 즐기는 그 시간.

이들의 은신처와 그리 멀지 않은 동굴에서 한 남자가 이를 바득바득 갈고 있었다.

"결빙!"

그는 울화가 치민 목소리로 이리 소리친다.

남자의 몸에서 빠져나간 힘이 동굴을 석빙고로 만들었다.

동굴의 남자는 현성에게 잡혀온 경상도였다.

녀석은 은신처의 비상 식품 창고인 이곳의 관리와 냉매를 맡고 있었다.

하나뿐인 출입구인 동굴 입구는 현성이 공간 이동을 이용하여 옮겨온 커다란 바위가 막고 있다.

이곳에서 상도가 달아날 곳은 없다.

그는 이삼 일에 한 번씩 동굴 안의 식품이 상하지 않도록 이처럼 결빙 능력을 사용하고 있었다.

동굴 안의 식품이 상하면 그가 책임져야 하기 때문에 녀석은 분했지만 이를 까먹지 않았다.

이곳에서 그의 시간은 무척이나 길고 지루했다.

그 긴 시간, 처음엔 비효율적인 방식으로 자신의 몸에 자극(?)을 주었던 경상도는 그 방식을 상상과 공상으로 바꾸었다.

그러나 그것도 곧 한계에 부딪쳤다.

바닥까지 좌절한 경상도에게는 새로운 방법, 돌파구가 필요했다.

'광검만이 내가 살 길이다!'

적막한 이 동굴은 경상도에게 분명한 목적의식을 심어주었다.

주의 산만했던 그 고질병을 그는 이 동굴에서 고쳐 나가고 있었다.

　녀석에겐 이 환경이 일생일대의 기연이라고 볼 수 있다.

　"시팔! 나도 한다면… 한다!"

　　　　　　　　　　　　　　　　『스킬러』 4권에 계속…

우각 新무협 판타지 소설

북검전기

2014년의 대미를 장식할,
작가 우각의 신작!

『십전제』, 『환영무인』, 『파멸왕』…
그리고,

『북검전기』

무협, 그 극한의 재미를 돌파했다.

북천문의 마지막 후예, 진무원.
무너진 하늘 아래 홀로 서고, 거친 바람 아래 몸을 숨겼다.

살기 위해! 철저히 자신을 숨기고
약하기에! 잃을 수밖에 없었다.

심장이 두근거리는 강렬한 무(武)!
그 걷잡을 수 없는 마력이,
북검의 손 아래 펼쳐진다!

즐거운 인생

미더라 장편 소설

FUSION FANTASTIC STORY

A Bittersweet Life

삶의 의욕을 모두 잃은 주혁.
어느 날 녹이 슨 금속 상자를 얻는데…….

"분명 어제도 3월 6일이었는데?"

동전을 넣고 당기면 나온 숫자만큼 하루가 반복된다!

포기했던 배우의 꿈을 향해 다시금 시작된 발돋움.
눈앞에 펼쳐진 새로운 미래.

과연 그는 목표를 이루고
인생을 바꿀 수 있을 것인가!

Book Publishing CHUNGEORAM

유행이 아닌 자유추구 -
WWW.chungeoram.com

전혁 新무협 판타지 소설
FANTASTIC ORIENTAL HEROES

왕후장상

『월풍』, 『신궁전설』의 작가 전혁이 전하는
유쾌, 상쾌, 통쾌 스토리, 『왕후장상』!

문서 위조계의 기린아 기무결.
사기 쳐서 잘 먹고 잘살던 그에게 날벼락이 떨어졌다.
바로 녹슨 칼에서 나온 오천만 냥짜리 보물지도

기무결에게 내려진 숙제,
오천만 냥을 찾아라!

그러나 꼬인 행보 끝 도착한 곳은 동창의 감옥이었으니……

"으아악! 이게 뭐야!! 무림맹이 왜 여기 있는 거야!"

천하제일거부를 향한 기무결의
끝없는 도전이 시작된다!

Book Publishing CHUNGEORAM

유행이 아닌 자유추구 -
WWW. chungeoram.com

용마검전
FANTASY FRONTIER SPIRIT
김재한 판타지 장편 소설

「폭염의 용제」, 「성운을 먹는 자」의 작가 김재한!
또다시 새로운 신화를 완성하다!

『용마검전』

사악한 용마족의 왕 아테인을 쓰러뜨리고
용마전쟁을 끝낸 용사 아젤!

그러나 그 대가로 받은 것은 죽음에 이르는 저주.
아젤은 저주를 풀기 위해 기나긴 잠에 빠져든다.

그로부터 220년 후……

긴 잠에서 깨어난 아젤이 본 것은
인간과 용마족이 더불어 살아가는 새로운 세상이었다.

Book Publishing CHUNGEORAM

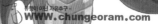

연재 사이트 베스트 1위!
어디에서도 볼 수 없었던 천재 의사가 온다!

『메디컬 환생』

언제나 실패만 거듭해 온 의사 진현,
그런 그에게 찾아온 인연의 끈이 있었으니.

"다시 삶을 살면… 어떤 삶을 살고 싶으신가요?"

다시 한 번 주어진 인생
이번엔 반드시 성공하리라!